U0143911

生活并非都有选择

——八九十年代的留美学生们

方则正 著

ZHEJIANG UNIVERSITY PRESS
浙江大学出版社

序

Heaven or Hell, Dilemmas in America

　　留学是迈上成功巅峰的通途,亦可能是堕入欲望深渊的陷阱。经过一段时间改革开放的熏陶,20世纪八九十年代的留美学生已经不只是书斋里的精英,他们更是一个个充满欲望的人、一个个为名利而奋斗的个体,在大洋彼岸深陷于情与爱的踟蹰、名与利的挣扎。当象牙塔里也漫入世事的波涛,他们,和你我没有什么两样,背负着为人的十字架,生命永远是不可承受的重量。

　　"幸福的家庭都是相似的,不幸的家庭各有各的不幸。"一百多年之后,托尔斯泰的名言在一代一代中国留学生的生活中被演绎。

　　生活都能由你选择吗? 幸福只要追求就能得到吗?

　　在大洋彼岸的中国留学生们以自己的经历向您诠释这一切。

方则正

前　　言

Heaven or Hell, Dilemmas in America

随着交通和信息的日趋发达、商业和交流的日益频繁，我们的地球变得越来越小，各个国家的人们仿佛是同一个"地球村"里的邻居。人们如果能和睦相处，实现世界大同，无疑是人类之福，令人担心的是，随着物质充裕而来的道德滑坡。从古至今，人们为了个人利益、团体利益互相争斗，以强凌弱、以恶压善，经历了无数苦难；到了现代，先进的科学技术使得战争更为惨烈，甚至有可能毁灭人类赖以栖身的整个地球。幸福和灾难、光明和黑暗，全在人类的一念之间。

美国是近代崛起的超级大国。随着时间的推移、接触的广泛，国人对美国的看法有了改变。虽然国家制度存在不同，世界观和价值观有所差异，但同处在一个地球上，人们谋求发展、追求幸福的愿望是相同的。

纵观中国历史，从 19 世纪末清政府派出的第一代留学生，到 20 世纪 80 年代至今的第五代留学生，我国出国留学人员已经达到一定规模。第一代留学生出国学习主要集中于 1872—1900 年间，包括留美幼童和最早的海军留欧学生。他们成就了中国最早的一批行业领袖,是推动中国近代化洋务运动的主力。第二代留学生是指 1900—1927 年间的留日学生、庚款生、留法勤工俭学生和早期的留苏学生,他们属于"留学救国"的一代。第三代则是指 1927—1949 年留学欧美的一批学士,他们以学习科学技术为主,主要代表有杨振宁、李政道、"三钱"(力学家钱学森、核物理学家钱三强、力学家钱伟长)等声名卓著的科学家。第四代留学生主要留学于苏联和东欧等国家。1950—1965 年,我国向苏联、东欧、朝鲜、古巴等 20 多个国家派出留学生 1 万余名,这些留学生主要在国外学习工程技术和实用科学,归国后成为 20 世纪五六十年代建设中国的中坚力量。第五代留学生,就是 1978 年改革开放以后到今天的留学生,人数超过百万人,约是前四代留学生的 10 倍。第五次留学浪潮和前几次不同,是一次前所未有的全方位的留学,不仅是学科的全方位,而且是留学国家的全方位,遍布 100 多个国家和地区。其中,还以留学美国居多。

美国是一个新兴的移民国家,地大物博。因为新兴,她没有沉重的历史包袱,没有束缚思想的古老观念;因为是移民国家,她能吸收世界各国的精华,朝气蓬勃,勇于革新。这是吸引留学生前往美国深造的一个重要原因。

另一方面,美国的先进和富裕也是令留学生向往的重要因素。美国在培养人才方面的投入为各国留学生的涌入创造了条件。申请美国助学金的中国学生就有很多,他们学成之后,或回国报效,或留在美国谋求发展,去留是自由的。中国的留学生很多学成之后都留在美国谋求发展。看起来祖国的精英流散在国外好像是个损失，但世上的事有失才有得。从长远的眼光看，他们在国外的成就也会为祖国作出贡献。

随着祖国的富裕和强大，一方面，学成回国的人才越来越多；老一辈留学国外的科学家也经常回国讲课，并且推荐学生出国深造。

美国像一座大熔炉，把世界各国、各民族的精华提炼为己所用。

美国的大学很多，闻名世界的就有十多所。圣路易市的几座大学虽然算不上名牌，但在华盛顿大学和密苏立大学里有很多中国留学生，他们大多数是靠美国学校提供的助学金来留学的。圣路易市的大学有一些自己的优势科系，而且因为经费富裕、师资优良，正处于向上发展的阶段。

密大、华大的中国留学生，都先后组织了自己的学生会，推选出热心能干的同学担任主席。学生会的宗旨是团结并服务同学，为新来和有困难的同学提供帮助。年轻的学子在遥远的异国求学，举目无亲，当地的习俗观念又不同，难免会有思乡之苦。有了学生会互相帮助、互相安慰勉励，彼此受益良多。

逢年过节，学生会都会在礼堂组织一些庆祝活动，营造一些祖国的节日气氛，大家从中得到不少快乐和安慰。礼堂很大，桌椅很多，舞台也是现成的。兴致所至，谁都可以上去唱首歌、跳个舞、说说笑话、猜猜谜语，猜对了还有奖品助兴，气氛热烈，情绪高涨，让留学生们暂时忘记身处异国的孤寂，放下生活和学习的重负，共同沉醉在欢乐中。这时候，不管你来自北京、上海、四川、东北乃至香港和台湾，大家都只知道自己是中国人，只知道自己是炎黄子孙。

　　中国留学生们在美国的生存舞台上上演了一场场悲欢离合、缠绵悱恻的动人故事,本书收集的只是冰山的一角。在笔者接触过的留学生中,有的已经取得成功,融入了美国社会的中上层;有的正在走向成功;还有的依旧在困难和挫折中奋斗。我为成功者高兴,为走向成功者加油,更为暂时还处在困难中的年轻朋友祝福。本书描述的是笔者多年旅居美国所闻所见之故事的缩影。笔者真心希望这些小故事能为以后的中国留学生们作个借鉴并给予他们一些勉励。

目　录　contents

爱河波澜

　　留学生也是有血有肉的人，他们也需要爱情的滋润和灌溉，但他们对情爱的需求在异国他乡往往会比在国内更难得到实现。经济的困窘、事业的羁绊、路途的阻隔都成了留学生们获取幸福的障碍，在逆境中，他们将如何面对情与爱的挣扎、灵与肉的躁动，展卷而读吧。

几度姻缘几多愁

改革开放留学潮初期,成都一位姓陈的教授应美国洛杉矶一所大学的邀请,前往该校担任物理系的教授,随行的还有夫人和儿子。儿子名叫东升,是该校大学的应届毕业生,酷爱物理,有乃父之风。他的愿望是能像父亲一样当一名教授,在物理界做出一番事业。这次随父同行正遂了他的心愿。

夫人陈氏出自书香门第,在国内也是副教授级的高级知识分子。她学识渊博,对中国的哲学历史和古今文学颇有造诣。夫人和教授生有一子一女。女儿小时多病,为庸医所误,用错药伤了脑子,智力比普通孩子要差。夫妻二人在女儿身上花了许多精力和财力,关爱备至,但女儿长大成人后智力仍然欠佳。父亲为女儿选择了一位老实的穷小伙子成了家,并经常予以生活和经济上的帮助,两口子相处还算不错。因为女儿已经嫁人,这次出国就不能同行了,但把智力不济的女儿只身留在国内，未免成为大家的一块心病。

陈夫人对东升宠爱尤甚，从小就重视对他各个方面的教育培养。东升自幼聪明，还表现出一种音乐天赋。于是，陈夫人聘请了小提琴老师给东升课余指导，仅仅学了两年就能上台表演了。陈夫人望子成龙的管教方式极为严格，一个八九岁的孩子很难承受这种压力。东升逐渐产生了对小提琴的厌学情绪，以至于一见到小提琴就害怕。陈夫人想尽一切办法，软硬兼施，奖惩并用，还是改变不了东升厌琴的心理，这是陈夫人教子的第一次失败。

东升本性纯良，品学兼优，从来对母亲的话言听计从，唯独小提琴学习使母亲伤心，但这并没有影响到母子关系。从小到大，东升的事情均由母亲做主，以致长大成人后缺少独立自主的精神和随机应变的能力，这也使得他在以后的人生道路上吃了不少苦头。

美国的精英人士大都聚集在东西沿海。洛杉矶是西海岸名城，经济繁荣，气候条件特别好，太平洋暖流冬季由此经过，带来温润的空气，又有高地和群山像屏风似的挡住内地干旱和冷热空气的影响，所以旧金山、圣地亚哥等地都是温暖湿润、土地肥沃的城市。加利福尼亚为美国首富之州。很多台湾人跑到美国来，发现旧金山和洛杉矶的房地产价格比台湾便宜得多，于是来美国之后相继在西海岸的城市买了房子。他们不仅带来了浓厚的东方气息，也使西海岸成为旅美华人向往的福地。

陈教授携家眷来美,很多人羡慕不已。校方为他们安排了住处,东升也进了大学读研究生,一家人开始了美好的异国生活。

在美国工作是不能没有汽车的,陈教授 58 岁了,也只得学习开车。他花了 3000 美金买了部二手车,虽然老旧了一点,但也能将就着用。

天有不测风云。1989 年春,陈教授初次走高速公路,因技术不精,加上车子老旧,不幸出了车祸,魂断异域。车祸的原因是前轮爆胎,车子失控,教授来不及反应冲进了路边深渊。

陈教授去世后,孤儿寡母的家境甚是凄凉。由于来美国不到一年,陈夫人毫无储蓄,所幸教授属于因公死亡,在学校里参加多种保险的陈教授获得了救济金和保险赔偿金,将近 20 万美元,这使母子相依的生活不至于陷于绝境。陈夫人是个精明能干的人,知道这笔钱的分量,也知道坐吃山空的道理,因此决定无论如何都要自力更生。东升攻读完硕士研究生,还要攻读博士,而取得博士学位还要三年,父亲在世时不舍得让他打工,可现在情况不同了,东升不仅要利用课余时间到中国餐馆打两小时工,陈夫人也放下身段找了些家庭教师的工作来补贴家用。生活虽然简朴、艰难,但日子还过得去。在美国只要肯卖力工作,是不会饿肚子的,但能得到长期居留证,是当时多数学生的愿望。

1989年,东升母子取得了绿卡,再也不必为居留身份而担心了。

时间过得很快,转眼间东升的博士学位到手了。母子共同努力,勤俭度日,父亲的遗产基本未曾动用。此时,陈夫人最关心的是儿子的婚姻大事。东升为人诚实,在女孩子面前更显得拘谨木讷,缺少情趣,虽然有过心仪的女性,但不敢放手追求,一方面怕母亲设的门槛太高,难合其意,另一方面,自己的信心也不足,因而始终是孤家寡人一个。陈夫人认为现在为儿子找媳妇的时机到了。取得博士学位,经济问题就解决了,找到工作,年薪5万美元是最低的。东升要走教授的路子,先读博士后,每年也有3万美元的收入,足以过日子了。

陈夫人担心的是,在美国生活过的女孩子思想太开放,只求眼前利益,家庭观念淡薄,哪一天觉得相处不好,说分手就分手,而美国法律对离婚的处理和结婚一样宽松。陈夫人怕儿子吃亏,认为国内的姑娘要老实温顺得多,于是母子商量,决定暑假期间回国一趟。一方面手头宽裕了,可以为东升创造一个良好的选媳条件,同时,也尽可能帮女儿一把,以慰思女之心。

1992年7月初,东升和母亲回到了成都。来接飞机的除女儿外还有许多亲友,他们接连数日为母子俩接风洗尘。席间大家谈起陈教授,无不痛惜悲哀;再看到东升取得美国博士学位,前途无量,又都赞叹不已。当得知他们这次回国主要是为东升找个媳妇之后,来提亲的接连不断。当时正是改革开放的高峰期,许多大学毕业生甚至硕士和博士都在想方设法谋求出国发展的机会。美国是大家梦寐以求的地方,这使得东升的身价更为提高了。

陈夫人挑选媳妇,条件多、门槛高,既要相貌端庄清秀、出自书香门第,还要有大学文凭,等等。但做母亲的往往看不到自己儿子的缺点,东升虽善良诚实、勤俭谦虚,却并不英俊潇洒。一脸的络腮胡子,看起来要比实际年龄大许多,真的娶个千娇百媚的妻子,一定能长相厮守吗?在这个问题的处理上,陈夫人犯下了继续逼子学小提琴后的又一个错误。

提亲的姑娘中,有位名叫唐丽霞的,是陈教授朋友的女儿。两家以前交往甚密,丽霞小时候还和东升一起学过小提琴。母亲的压力使东升深感厌恶而弃琴不学,丽霞却心灵手巧,音乐天赋很高,后来被音乐学院录取,再过一年就要研究生毕业了。陈夫人在相亲的照片上看到丽霞生得秀丽娇媚,亭亭玉立,又得知她是老唐的女儿,家庭出身和人品学位都是一流,马上去征求儿子的意见,东升和丽霞也可以算是青梅竹马,哪有不同意的。巧的是,丽霞也正谋求出国深造,嫁给东升顺理成章就可以圆了自己的出国梦。丽霞觉得机会难得,虽然相别多年,但此刻儿时的情谊也在她的心中泛起阵阵甜蜜和涟漪。

东升要成家，丽霞想出国，各遂其愿。几次会面之后，亲事就这样定下来了。陈夫人邀请丽霞全家到高级餐厅吃了一顿订亲酒，第二天就去办理了结婚登记，约定来年暑假回来举办婚礼，丽霞遂以伴读身份办理了签证。一切事情都很顺心，东升母子俩高高兴兴地返回美国。接下来东升要为前途奔忙，还要为来年的婚姻大事作准备。

东升决定继承父业。他选择了博士后的工作，希望将来在美国做个教授。博士后是非正式的工作，但每年也有 3 万美元的收入，足以维持三口之家，再说银行里还有父亲留下来的 10 多万美元的遗产。

儿子的职业选择正是陈夫人的心愿，子承父业哪有不支持的，虽然目前收入少一点，但将来的前途是光明的。

匆忙中一年过去了。1993 年夏天，东升与母亲回到成都，如约举行婚礼。陈夫人对爱子婚礼的操办十分认真，在成都大饭店大摆筵席，沾亲带故的宾客来了百来人，这段姻缘也随之传为佳话。

东升和丽霞利用婚后的一点时间包了一个多月的宾馆，也算是为新婚营造了一个快乐温馨的蜜月环境。陈夫人把女儿接来一起住。女儿的处境令她担忧，自从陈教授去世后，夫婿家里人对媳妇的态度大为改变，动辄得咎，责骂更是常事。陈夫人也去理论过几次，人家爱理不理，也没有什么办法。教授在世时，对女儿家常有照应，现在不同了，陈夫人已经没有了当时的经济实力,而且自己远在美国鞭长莫及,想管也管不了。陈夫人有心想把女儿接到美国一起住,但已婚女儿的探亲签证不是那么容易办的。无可奈何之下,她说服女儿再坚持一段时间,她一有办法就会接她去美国。临行时,陈夫人喜忧参半。喜的是儿子喜结良缘,忧的是女儿回去如何度日。

回到洛杉矶后,少不得又是请客吃饭,送礼应酬。陈夫人极其重视传统礼教,认为隆重的婚礼是美满婚姻的开始,能使男女双方在道德、舆论和经济等方面多少承受点压力,以后不至于轻率地离婚。然而时代不同了,不要说是在美国,就是在中国,这种思想也只能招人笑话。何况四川是天府之国,历史上出了不少才子才女,提到辣妹子,谁不敬畏三分。丽霞美丽文雅,可也是一位十足的辣妹子,是不可能接受他人指使的,哪怕是丈夫或婆婆也不行。

刚到美国,丽霞的确过了一段安静美好的日子。可好景不长,日子越久,辣味也越来越浓,她根本不把东升放在眼里,对婆婆也常常说不,一场婆媳之战在所难免。怀孕之后,她更是有恃无恐,稍有不如意就乱发脾气,有事无事都故意找东升的茬,还利用婆婆想抱孙子的心理,来提高自己在家中的地位。她打击东升的每个举动,同时也伤害着陈夫人的心。东升从小在母亲的严格教导下成长,父亲去世后,母子更是相依为命,现在每逢妈妈和丽霞吵架,东升心中都十分痛苦。他爱妻子,爱她的美丽和留恋儿时的情谊,但他更看重养育自己的母亲。

现代社会的婆媳战争是常有的事，受害最深的总是做丈夫的。

丽霞在这场战争中终于明白了东升是位孝子，要他离开母亲是不可能的，而且一段日子相处下来，她觉得东升和自己根本不相配！她看到的都是东升的缺点：显老、木讷、缺少风情，东升是个地道的书呆子！丽霞越想越觉得自己太委屈了，更何况有一个这样难以相处的婆婆。反正美国梦已圆，为他生个孩子也算报答，互不拖欠，问题是如何分手，何时分手。

陈夫人习惯了发号施令，陈教授在世时，家里就是她说了算，儿子是她带大的，更不会顶撞她。唯一想不到的是，自己选的媳妇，不到一年就闹到了怒目相对的地步。丽霞有了离婚的打算，仅有的一点顾忌也都没有了。肆无忌惮地吵架，表面上是对着儿子说，其实都是冲着陈夫人来的。想到未出世的孙子，陈夫人只好忍气吞声。她深感后悔，可是这杯苦酒是自己斟上的，怨谁呢？原以为自家条件好，儿子是美国博士，银行有 20 万美元的存款，选择媳妇只要漂亮能干、学历高，这才导致了今天的后果。

丽霞知道她的优势是暂时的，好在经 B 超检测得知她怀的是个男孩，而这正是丈夫和婆婆最看重的。无论如何必须尽快地为自己准备后路，于是，她向东升母子提出了要继续进修音乐的要求。这也是过去就有过的约定，而且每个人都有选择自己事业和前途的权利。东升母子都是聪明人,丽霞的意思一想就明白了。但事情已经到了这一步,想拉也拉不住。

丽霞是个聪明而有信心的人,她清楚东升的经济情况,目前的收入有限,两次回国和隆重的婚礼也用去了遗产的大半,再说以后自己读书还是要用他的钱。虽然读书是她自己的要求,但好在所需不多,只要东升能供应她两年的学习和生活费用就够了,她有把握在两年中一定会有个新的变化。

1994年冬天,丽霞顺利生下了一个可爱的男孩,白白胖胖,像母亲一样漂亮,人见人爱。陈夫人十分喜欢,暂时忘掉了烦恼,把全部心思都投入到小孩身上。他们为他取了个外国名字"迈克"。婆婆喜欢,丽霞乐得清闲。为了保持体形,她很早就给迈克断了奶,连夜里喂奶粉的事也交给了婆婆。空闲的时候,她积极地准备音乐进修的事。在美国,持有学位的人,自费报考硕士或博士研究生并不困难。1995年暑假,丽霞接到了圣地亚哥市音乐学院的入学通知书。东升遵守诺言,亲自送丽霞到圣地亚哥市并为她办妥了注册手续。丽霞住的是学校宿舍,一套单人房间。东升还给她留下了生活费。说实话,这笔开销十分沉重,陈夫人有苦说不出。她知道,丽霞在能够自主或找到合适的对象之前是暂时不会离婚的。但如果有一天她要提出离婚,也是轻而易举的,美国离婚法律的天平在平等的基础上往往略倾向女性。自由社会的婚姻自由,有时也使人囚离婚而苦恼。但苦恼的婚姻可以得到挽救,不至于终身苦恼。封建婚姻中的男女都没有自由选择的权力，尤其是女子，有多少可怜佳人都成了封建婚姻的牺牲品。由此可知自由的宝贵。

圣地亚哥离洛杉矶并不远，高速公路三四个小时就可到达。只要丽霞想孩子，每个周末都可以回家，但她的时间和心思全在学习和找寻出路上，难得回家一次。倒是东升对她难以忘怀，常去看望。没有离婚总归还是妻子，而且为了迈克，东升希望她能回心转意。迈克越来越可爱了，丽霞每次见到他都很心痛。但孩子几个月难得见母亲一面，没有感情何来亲切？陈夫人十分喜欢孙子，祖孙之情胜过母子。她的全部心思都花在孙子身上，对儿子也就不那么关心了。儿子都30出头了，再管也不合适，而且这场婚姻她管得也太令人伤心了。

丽霞要离开东升，必须物色一个理想的男人。她对自己的美丽聪明和音乐才能很有信心，觉着其中哪一样都能使男人着迷。在美国，大家都在分分合合中选择最适合自己的对象，无所谓再婚与否，这个现实为丽霞提供了勇气和心理安慰。

音乐学院有位中年的华裔教师，专业钢琴和作曲家，音乐天赋极高，且潇洒俊逸，周围常常有许多女孩子围绕着。他的爱情生活十分丰富，但就是不结婚。他常说，结婚是种束缚，是自由选择的终结。但自从见到丽霞后，他就失去了控制，心甘情愿地接受丽霞爱的锁链,花前月下卿卿我我,哪里还在乎丽霞是否嫁过人,哪里还管她的丈夫是什么感受。搞艺术的人,对美和爱特别敏感,感情也奔放,在外人看来,他们还真是一对相配的佳偶。对丽霞来说,大学教师的工资和社会地位都比东升要稍好一些,有了既定的目标,就没后顾之忧了,幸福和美好的前途正在向她招手。

不到半年,丽霞就和那个大学教师生活在一起了。爱情的力量是无法阻挡的。圣诞节前丽霞回到洛杉矶,直截了当地向东升提出了离婚。东升母子早知道离婚是早晚的事,但没有想到来得那么快,不免有点惊讶。但有什么办法呢?丽霞已经决定的事,是不可能改变的。在离婚问题上,只要女方没有财产索求,对子女的养育监管没有要求,一般是容易解决的。请位律师,说明离婚的原因,理由简单充分,夫妻感情不和,婆媳关系紧张,已分居多时……东升无奈,陈夫人伤心,但也只能就这样在法庭上结束了曾有过的婚姻。丽霞很洒脱,只带走了属于自己的东西,拥有了可以探望和照顾孩子的权利,还为东升节省了一年半的经济承诺,这也可说是好合好散。美国有些家庭夫妻俩分手后仍然是好朋友,中国人大概难以做到。丽霞以后如何,东升也无从探问,难得来通电话问候儿子,却从不谈起自己的情况。

东升渐渐从婚姻的失败中解脱出来,意识到丽霞和他的确难以相配,母亲年纪大了,此事虽然她也有错,但看到她痛苦的表情,东升于心不忍,反过来常常安慰母亲。只是洛杉矶中国人多,在留学生中蜚短流长,添油加醋,即使偶有耳闻也十分难堪。陈夫人是位爱面子的老人,为了母亲,也为了自己,东升考虑再三,决定搬家。

美国大学很多,招收博士后的也不少,于是在暑假来临之前,他发出了许多申请博士后的信函。离开洛杉矶的确有点可惜,这里气候温和,中国人多,几年的居住让他已经适应了这里的一切。但这里也有许多痛苦和难忘的回忆,父亲之死、丽霞的离去,都是刻骨铭心的。

1996年夏秋之交,东升收到了几个大学的面试通知,比较下来,圣路易斯市密苏里大学比较合适。经过面试后,东升被顺利录取了,于是他带着母亲和爱子离开了这个令他伤心的地方。

圣路易斯市比不上洛杉矶市,可也是美国名城,历史悠久,经济繁荣,青山绿水比之碧海黄沙又是另一番感受,而且这里的生活开销要比洛杉矶低很多。房租支出就可以节省一半,洛杉矶两房一厅的公寓每月租金都在1000美元以上,这里只需400多美元就能租上很不错的了。另外,圣路易斯市民风淳朴,治安良好,环境宁静,适合长期居住。

密大给东升的年薪是3.8万美元,比原来少了一点,但却实惠很多,每月都有一些积蓄。博士后虽然算不得正式工作,但工作压力也很大,导师的研究项目都是博士后做出来的。

为了获得导师的青睐和重视,新来的都会比较卖力,因为如果初来就使老板头痛,以后的日子是很难过的。

陈夫人看着儿子辛苦也很心疼,再也不去干涉儿子的行为了,更何况要带孙子,还要料理家务,也够忙的。丽霞搬走后,家里安静多了,陈夫人渐渐感到儿子对圣路易斯的选择是正确的。该校有许多中国来的留学生,有单身的,也有成了家的。周末休息,大家常在一起下棋打牌,生活过得丰富多彩。这种聚会也是建立友情、放松学习和生活压力的一种好方法。东升纯朴厚道,从小受母亲严格管教,没有过多的机会放松自我,但其实他也有一颗童心,喜欢交友作乐。现在母亲不管他了,束缚解脱了,好玩之心油然而起。每个周末,吃过晚饭,他都拿起背包,向母亲打个招呼,说是到学校做实验去,吻别爱子就一路来到同学家,玩不到半夜不会停手。开始时,东升觉得欺骗母亲有点内疚,时间长了也就习惯了,本来加班做实验就是常有的事,妈妈是绝对不会怀疑的。

同学中有位博士后老大哥,名叫王大伟,妻子高红也是该校的博士生。夫妻俩租了一幢离学校不远的独立公寓,再闹也不会影响邻居。他俩都是热情好客、喜欢游戏玩耍的人,加上房子环境好,客厅大,来多少人都能容纳,所以大伟有事没事就喜欢召集大家开个派对,最多时来过 40 余人。每逢周末,他家就成了俱乐部,常客不会少于六七人,啤酒当茶,高谈阔论,尽情开怀。下棋的下棋,打牌的打牌,不论胜负,不谈钱财,但求忘掉各自的烦恼和消除异国的寂寞。这种聚会,不到半夜是绝不会停止的。

在这个圈子里,东升也是主角之一,哪怕只剩两三个人通宵达旦,他也必是其中的一个,仿佛他要尽情弥补多年来不能自由作乐的损失。

小迈克在陈夫人的细心照料下,长得健康活泼,如粉雕玉琢,人见人爱。在婆媳战争中,陈夫人唯一的战利品就是孙子,他给她带来了很多欢乐。东升把儿子交给母亲,自己出去玩乐,虽然没有违规的行为,但看到日夜操劳的老母,心中也十分内疚。常常想是不是应该为孩子找个新妈妈,让母亲享享清福。

密大物理系新来了一位攻读博士学位的女生名叫秀红,是河南开封人。性格文静,长得是不算漂亮,但清秀端庄,谁看了都舒服。秀红在国内已经取得硕士学位,因为向往美国发达的经济和先进的科学,秀红在一位美国学姐的帮助下,毅然决定借钱自费完成留学。她自信以自己的学识和能力,只要能来到美国,就没有困难不能克服。她把课余的时间大都用到去中国餐馆打工挣钱。她托福考试得过高分,英语很好,适应能力又强,周末休息都能打几份工。

东升开始注意到这位文静而坚强的姑娘,看到她长期不得休息,觉得有些于心不忍,便经常主动帮助她复习功课。单身女人有时难免会有些困难和体力不济的时候,东升知道后总是能为她排忧解难。接触多了，秀红也发觉东升是个正直忠厚的人，并且对东升的不幸遭遇深表同情。于是，两人互相产生了爱慕之情。东升开始感受到了自由恋爱的甜蜜，他虽然结过婚，有过孩子，但却没有经历过像现在对秀红这样刻骨铭心的感情。课余时间他们俩形影不离，渐渐的，大伟家的周末再也看不到东升的身影。东升每天接送秀红打工，两人已经沐浴在爱河里，远离了寂寞、忧伤和恐惧。

1997年暑假，学生会组织了一次度假旅游，让没有回国探亲的同学们在异国也能体会到集体的温暖和快乐，也使大家暂时放下生活和学习的重担。但是，学生会能做的就是出点力气和抽点时间为大家组织安排，钱还是要同学们自己出的。

旅游的目的地是奥沙克湖，这是该地区风光最好的地方。碧波千里，怀抱着几个绿岛，它们就像玉盘中洒落着的几粒翡翠。密林中隐藏着许多别墅和旅馆，白墙红瓦倒影水中，更是引人入胜。

因为旅行占用的时间不长，很多同学都愿意放下手头的工作参加旅游，去放松一下。对于热恋中的东升和秀红，这是一个难得的机会。像许多成双成对谈情说爱同行人一样，这几天东升和秀红尽情欢乐，时而乘快艇逐浪高歌，时而垂钓大树下默默相对，度过了一生中最难忘的日子。

东升以为母亲再也不会干涉自己的恋爱自由了。他以为时机已经成熟了，于是，旅游回来后，鼓起勇气带着秀红去见母亲。可惜的是，东升和秀红相处那么久竟没有和母亲说明，如今，突然带回家，说相爱已久准备结婚，对陈夫人而言，不啻一声悸留。陈夫人大为反感，原来儿子一直在欺骗她，说什么夜里做实验，全是编的；拿回家的钱比原来少得多，原来都用在了这个女人身上。她越想越气，当场怒形于色，当着秀红的面骂儿子，说他没良心，把家里都抛下不顾去谈恋爱，还搞突然袭击，说什么也不同意他们的婚事。第一次见面就弄砸了，秀红伤心地离开了陈家。

东升迟迟不告诉母亲也有他的考虑：一是怕母亲插手管得太多，秀红受不了；二是这次难得两情相悦，他要在不受干涉的情况下自由恋爱，享受真心的爱情。想不到结果是这样地触怒老人！母亲竟如此绝情，当面羞辱了秀红，以后该怎么办？

东升意识到了问题的严重性：母亲是位固执而严肃的老人，而秀红是个自尊心强而独立的女性。现在第一次见面就破了局，老太太话中带刺，明显是指责秀红带坏了自己的儿子。这样的冤枉和侮辱秀红如何受得了，她一气之下自然疏远了东升。她想不通陈夫人为什么这样讨厌她，她希望陈夫人能原谅儿子，改变对自己的看法。秀红愿意等待。可现代女性有着自由和独立的个性，等待也是有限度的，她决不会去求情，也不会从陈夫人手里抢走东升，令老人伤心。当她看到东升沉沦在痛苦中，秀红明白了，东升是个孝子，他是不会和母亲决裂的；而陈夫人话出如箭决不收回。这是没有希望的等待，相见不如怀念。秀红下定决心，悄悄离开了圣路易斯市，转学到伊利诺大学改学计算机去了。

像东升这样的孝子的确不多，大家都为他难过；更为秀红不平，可怜她在初恋中就受到了伤害。

陈夫人也是知书达理的长者，这次因为误会和偏见，生硬地拆散了一对理想佳偶，她自己也很伤心，但自尊心使她不肯作出让步，最后使得秀红绝望地离开。这样的事在中国已属少见，在美国更是奇闻。

经过两次打击，东升对婚姻彻底失去了信心。再说秀红的事件传开去，哪个姑娘还敢来接近他。东升的情绪越来越低落，做什么都打不起精神，脾气也变坏了。老板（博士后对教授的称呼）发觉这一阵子东升什么也不做，项目都停下来，就严厉地向东升提出了警告，两人还发生了争执，师生关系也越来越紧张。东升的工作态度从来就严谨认真，别人做不出来的实验，他都能做出来，老板一直对他很器重。但他近来的变化弄得老板一头雾水，非常失望。美国带博士后的教授是不会去关心学生的私人事情的，他要的是实验成果，要的是尽快出成绩，可以多申请研究经费再开展新的项目，最后名利双收。当然教授得利，博士后也会有好处，博士后一旦得罪老板，日子便不会好过。在留学生中，曾多次发生因老板的误会、侮辱和炒鱿鱼而走上极端,杀了老板而后自杀的事件。

东升处境越来越困难,老板几次暗示要他离开。日子再也过不下去了。像从前的洛杉矶一样,圣路易斯也成了他触目伤心不能再待下去的地方了。他和母亲商量想再换个地方试试,陈夫人心中苦闷不堪,后悔不该一次次伤害自己心爱的儿子。她觉得换个环境可能会好些,就听由东升安排了。这时到学期结束还有一个多月,找工作,时间也比较充裕。

当时在圣路易斯留学生中也发生了一些因父母做主造成婚姻悲剧的事件。密大植物系有位姓吴的博士后,身材高大健壮,对工作兢兢业业,专业知识极为深厚。因工作和学习的需要,学校派他长驻圣路易斯市植物园工作,协助收集整理资料,研究培养新品种。圣路易斯市植物园是美国名园,规模很大,园中有颇负盛名的植物标本资料库,收集了世界各地的名贵稀有标本。小吴经常受园方委托,出差到南美和非洲等地的原始森林收集植物标本,考察各地区的植物形态。他性情孤僻内向,又忙于工作,年过30还没有对象。他父母急着要抱孙子,多次催促他找个对象早点成婚,小吴则以工作忙来搪塞。父母知道他不擅交际,就自作主张在国内为他找了门亲。姑娘25岁,大学毕业,清秀、文雅,据说她父亲在国内生意做得不错,把女儿嫁给留学生是希望有机会能到美国投资发展。小吴从寄来的照片和介绍来看,感觉很合适,想到在国外找对象也很困难,自己又不擅交际,而且由于目前的工作,自己在家的日子也不多,既然对方人品不错,条件合适,又是父母做主,小吴就答应了下来,并利用暑假,高高兴兴地回国完了婚。小吴做了几年博士后,存了不少钱,平时勤俭过日,这次婚礼办得很风光,双方父母都很满意。婚后,他俩在国内多处景点旅游,度过了美好的蜜月,但是美国还有许多工作要做,小吴只好匆匆办好了妻子的伴读签证,在父母和亲友的祝福下返回了美国。

万万想不到的是,这位文雅美丽的姑娘,又是一个薄情寡义之人。不到半年,因小吴两次出差,她就耐不住寂寞,把小吴几年的积蓄花费殆尽,据说还在外面招蜂引蝶和一位台商鬼混在一起。小吴出差回来,耳闻不少传言,仔细查了一下账目,发觉存折上的钱已经所剩无几,一气之下和妻子离了婚。这个女人当初嫁给小吴也只是要圆自己的美国梦,到了美国海阔天空,本来就要自由飞翔,小吴既无风情又少金钱,搞植物的能有什么前途?还要为他长守空房,实在划不来。因此,她并不怕和小吴分手,说离就离。据说离开小吴后,马上就和一个开小餐馆的台商姘居了。

小吴受此打击,长期郁郁寡欢,工作中又经常接触花草,免不了花草中致癌物质的侵害,不到一年就得了肺癌。由于美国的医疗费用十分昂贵,小吴唯一的出路只能是凄凉地抱病回国。他的父母为此万分悔恨,希望中医药能挽救儿子的生命。

这件事对陈夫人震动很大，促使她认识到了自己的错误。

就在此时，陈夫人接到了女儿的电话，知道她被迫离婚了。女儿本来就是陈夫人的一块心病，离婚是意料中的事。想到智力低下的女儿在国内的境遇，陈夫人顾不得东升的情绪，马上嘱咐东升着手办理姐姐来美探亲的手续。

按照签证规定，已婚的女人探亲申请是比较困难的，因为怕有移民倾向。东升姐姐的离婚，反而为探亲创造了有利条件。

经东升的努力，姐姐终于在东升母子离开圣路易斯之前到了美国，为全家带来了新的生机，也使东升逐渐忘却了苦恼。1998年秋季开学之前，东升接到了纽约州水牛城附近一所大学的博士后入学通知，东升开始了新一轮的生活和事业。孟母三迁而孟子成圣，陈母三迁也希望东升他事业有成。

水牛城位于世界第一瀑布尼亚加拉大瀑布附近，风光无限，只是地处东北，冬天特别冷。据说最冷的时候大瀑布喷发的水珠会冻成冰桥！东升为情所困，从洛杉矶市迁到圣路易斯市，现在又千里迢迢来到了这冰天雪地的水牛城。而寒冷又往往容易使人情绪低落，要忘掉与丽霞以及秀红间刻骨铭心的爱和痛，一时间还真不易做到。

失意的人，总要找点精神寄托。这期间，东升迷上了炒股。买卖股票是件很刺激的事情，其间有许多学问。一旦上手就要花时间去调查研究上市公司或单位的业绩，了解经济、政治和国际形势的变化,必须全心投入、掌握时机,因为胜负往往发生在顷刻之间。

对股票的专注让东升暂时忘却了原来的苦闷和悲伤。东升精明善算,初战成绩不错,在利益的引诱下,他曾经萌生放弃博士后转而专业炒股的念头,但陈夫人不同意。她是一位传统的知识分子,认为炒股近乎赌博,赢会增长贪婪之心,输就会影响家庭生活。老思想的知识分子,对蝇头逐利的商人都反感,哪会让儿子去炒股。

幸亏陈夫人反对,否则东升真要吃苦头了。后来股市低廉,东升输得较惨。股市波涛汹涌,造成利空的原因太多,最聪明的人也难得全胜。在经济形势不稳的情况下,有人做了实验,请几位炒股高手,多选几只自以为最能赢利的股票,然后捉一只猴子,让它在桌子上随便挑几只股票。几天后出人意料的是,市场表明猴子选的股票得利更多。这可能是一个笑话,但也确实反映出了股市的起伏不定。

近几十年来美国股市涨涨跌跌大体上好多了。因此以储蓄方式选买大公司的正宗股票,其得利一般比银行储蓄要高。

从东升沉迷于股票,陈夫人深切体会到儿子为情所困的沉重。一年多来,儿子人瘦了,也长出了白发,陈夫人心中很内疚。长此以往该如何是好啊!她抱着歉疚的心情和儿子商量,不能再这样消沉下去了。她希望儿子振作起来,追求自己的幸福,今后她再也不干涉了。为了家庭,为了事业,她希望东升再去找一位合适的终身伴侣。东升得到母亲的鼓励和安慰，也醒悟过来，在物理上有所发展才是自己向父亲许下的誓言，怎能放弃正业去以炒股为生呢。没有妻子的家庭，的确太凄凉了，自己寂寞，母亲劳累，儿子也跟着受苦。是的，是要找寻个合适的伴侣了。

东升反复思索，既要考虑自己的年龄长相，又要顾及母亲的心思，虽说不干涉了，但也要得到她老人家的认可吧。在美国，适合自己又通得过母亲这一关的姑娘的确难找。突然，他想起了自己几位大学时的女同学，其中有一位叫王兰的，温柔文雅，心地善良，印象比较深刻。通过同学录上的地址取得联系后，东升与母亲商量了一番，写了一封长信，谈到少年时的情谊、自己的遭遇和目前的情况。也许是姻缘前定，不久，王兰来了信，也表达了自己的心意，坦率地细述了自己不幸的婚姻。两个人心意相通，同病相怜，都把对方看作自己的知己，一来二往自然就谈到了重组家庭的愿望。两个善良的人、两颗受伤的心就这样得到了美满的结合。

1999年夏天，东升在母亲的鼓励下，只身回国。不张扬，不搞虚荣，和王兰家的亲人会面，开了两桌宴席，办好婚礼后就以伴读的名义携王兰返回美国。从此，东升开始了新的家庭生活。王兰是个非常贤惠的妻子，体贴温柔，勤俭持家。对婆婆很孝顺；对迈克视如己出，关怀得无微不至，对大姐更是尊敬爱护。一家人终于过上了真正幸福的生活。一个成功的人,家庭和事业同等重要,少了一样就意味着失败。

母亲、儿子和姐姐有人照顾,东升除去了后顾之忧,又可以全身心投入工作了。由于工作上取得了卓著的成绩,东升不久就被学校聘为教师,离教授的目标又近了一大步。

东升几经波折,终于找到了自己的幸福生活和光明道路。婚后第二年,王兰为他生了个女儿,东升得到一子一女,心满意足。回想当年踏进美国领土瞬间心中曾经激荡的人生插页,以及后来谋生历程中的感情纠葛与悲欢离合,东升这个改革开放早期的留学生正在成为一个在异国他乡安居乐业的新移民。

> 几经波折几经愁,不是姻缘莫强求。
>
> 以貌娶妻非善举,花前月下水东流。
>
> 杉城失意羞居住,圣市温馨事亦休。
>
> 才叹此生无芳草,春风却绿纽约州。

从佳偶到陌路人

圣路易斯城的夏天应该很热,但今年因为周边地区接连发大水,消去了不少暑气。蔚蓝的天空特别明亮,城里城郊绿荫遮暑、清风送凉,今年可算是本地少有的凉夏了。暑假期间,各个大学的校园显得特别幽静。美国学校的暑期特别长,有 3 个月之久。许多家庭都会在这个时候带孩子出去旅游,所以夏季是美国的旅游旺季。美国的版图三面是海,北部和西北高地的国际级旅游景点很多,黄石公园、尼亚加拉大瀑布等都是好去处。沿海的天然沙滩,特别是德州的白沙滩更是避暑的胜地。

但对中国留学生来说,每年暑假却是个紧张繁忙的季节。一些同学为了下学期的学费和生活费要抓紧时间多打几份工,有妻儿老小的就更是忙得不亦乐乎了。

新来报到的学生,也是风尘仆仆地提前来安排未来的学习生活。万事开头难，总得花点时间来熟悉这个陌生的地方，适应今后的生活和学习。而应届毕业的学生，也要为谋求工作而奔波，准备回国的也有许多手续要办理。

夏天的炎热，焦灼着留学生们躁动的心灵。

1992 年夏天，密苏里大学来了几位中国留学生。其中有一位是南京人，名叫林楠，是上海复旦大学的硕士研究生。复旦大学在国内外都颇有名气，前几年已有好几位学生为密大所录取。他们品学兼优，多为老板所欣赏。林楠就是由先来的同学推荐而来攻读博士学位的。据了解，圣路易斯几个大学的中国留学生，大都是由同学推荐而来的。先来的同学又为后来的同学推荐，就这样互相牵引、前后相继，人数已有不少。当然，被推荐人的学历和专业成绩及托福分数还是最要紧的。美国学校肯出钱培养的当然是可以培养的人才。

林楠是学物理的。当时在中国大学中，物理系学生多数是尖子，到了美国才发觉与国内的不同，以至于后来很多学物理的同学都半途改行学了计算机。林楠多才多艺，在国内发表过几篇有分量的研究文章，托福又考了个高分，正符合密大物理系老板的要求，就给了他每月上千美元的助学金。高额奖学金是来美的可靠通行证，凭这份收入他可以带家人一起前来伴读。

林楠出国前已经有了爱人，相处多年尚未结婚。他的未婚妻名叫常静，是上海人，聪明秀丽，是一位地道的南国佳人。

姻缘巧合,林楠是南京人在上海求学,常静是上海姑娘在南京读书。一个偶然的机会,他俩在朋友的生日宴会上见了面。郎才女貌,一见钟情。从此,暑假、寒假,林楠都留在上海和常静相伴。就在他们正要讨论结婚事宜时,密大寄来了入学通知书。出国心切,结婚的时间太过仓促,只得暂时作罢。两人相约,翌年暑假回国完婚。临别时海誓山盟、依依不舍。

林楠来美之后,饱受相思之苦,天天惦记着回国完婚的诺言。事情虽然简单,经济却是个大问题。且不说以后的家庭生活开销如何负担,就单单是回国一趟,机票、婚礼的花费就已不少,加上给亲友送礼物,为了讲点面子,五六千元是不能少的。仅凭那点助学金是不可能实现这个目标的,他必须要想办法挣点钱。林楠敦厚结实,体力很好,适应环境的能力也很强。在美国读书比在中国轻松得多,英语对他来说又没什么障碍。来美国不到两个月,生活和学习都已适应。经过一番计划,林楠觉得可以出去挣钱了。

留学生课余挣钱的方法很多,很普遍。省力点的可以在系里的老板那里做点钟点工,报酬不高,但很自由;更多的是利用课余和周末到社会上去打临时工,可以当家庭教师、商店服务员,有力气的可以当搬运工或送货员。中国餐馆的招待和厨房工作更是中国留学生较好的选择,而且机会也很多。准备打工,先要申请一张打工卡,否则容易吃亏而且会遇到危险。

　　留学生打工非常普遍,富家子弟也不例外。到社会上去打工,不仅是为了挣钱生活,也是适应美国生活、了解美国现状的有效方法,还可以为今后的正式工作打下基础。要成才总得多加磨炼、多吃点苦。

　　中国餐馆的小菜花样多、味道好,不仅旅美华人不可或缺,全世界各国人民都喜欢。只是为了适应老外的口味,地道正宗的中国味走了点样,譬如少盐、少油、少味精等,但总归还是中国菜。据说圣路易斯地区中国餐馆有400家之多。大量的中国餐馆为中国留学生及旅美华人提供了不少打工机会。留学生在晚饭前后打几小时工,周末再辛苦点,每月可以有一两千美元的收入。打工还有小费,这笔钱可以少交或不交税。美国的所得税很重,一般经济收入的3%是要交给国家的。国家官员及社会福利都靠税收维持,所以美国公民可以对政府官员说三道四,因为他们是纳税人,他们养活官员,使国家机器得以运转。

　　加拿大的国家税收比美国还要重,所以加国人民的社会福利保险非常优越,有点像福利社会主义。欧洲有几个国家也正在向这方面发展。但对纳税人来说,如果要他们在美国和加拿大之间作个选择,选择美国的人可能会多一点。福利社会主义有产生坐享福利的惰性之嫌,而且交那么多税也心疼。

　　林楠打工是从中国餐馆开始的。因为他英语流利、勤恳谦和，样样事情都拿得起，再加上聪明好学，偶尔替师傅炒个菜也有模有样，老板为此很欣赏他，给他涨了几次工资。辛苦了大半年，省吃俭用加上剩余的助学金，林楠积蓄了上万美元。经济问题解决了，只等待暑假来临回国完婚了。暑假较长，回国待上两个月都不成问题，再多的事也能办完。按照林楠的打算，在上海结婚后，还要带妻子回南京一趟。

留学生大都到了成家的年龄，总会遇到婚姻这桩人生大事。有些在国内已经结婚的，如果有条件，夫妻中一位取得了助学金，另一位就可以伴读的身份同来美国过家庭生活。像林楠这样的也不少，在国内已有对象，有的还订了婚，男方先出国挣点钱，做好一切准备工作，过一两年再回国结婚，接着把妻子接到美国生活。

也有许多单身汉，因为事业心强，或者年纪轻，来不及在国内找对象，只能在留学生中找个对象谈恋爱。姻缘巧合遇到了合适的人，情投意合成为了伴侣。但也有不少人的国外婚姻不尽如人意，原因是一些人长期受美国社会观念和家庭结构的影响，思想比较开放，只图眼前利益和一时快乐，一拍即合，没有稳固的基础。时间长了，容易喜新厌旧，另觅新欢，分分合合不把婚姻当回事。结果，不少人还是要回国去寻觅自己的另一半。

常静年轻貌美、聪明能干，只是心胸有些狭窄，自视过高，赴美留学是她多年的心愿，这次与林楠结合，正圆了自己的美国梦。在暑假来临之前,她已做好了结婚和出国的一切准备。这年夏天,林楠返回上海,常静全家人都到机场迎接。林楠计划要带常静回南京一趟,所以林楠的父母就没有来上海参加婚礼。

出国不过一年,上海的变化令林楠大为吃惊。可谓"一年一个样,三年大变样"。浦东新区陆家嘴一带一幢幢高楼拔地而起,上海明珠电视塔正在兴建之中。人事的变化也很大,同班同学大多出了国,去美国、加拿大、澳大利亚以及日本的都有。留在国内的更好,下海的发大财,从政的也都很光彩。回顾自己在美国辛苦的一年,回国接妻子还要靠打工挣钱,林楠自己也觉得有点可怜。原以为有上万美金,回国也可以摆摆阔,把结婚的排场搞得风光一点,多请几位朋友热闹一番,现在却也不敢再说大话了。

林楠回国后,第一位闻讯来访的同学姓罗。老罗在同班同学里成绩一般,可胆子大、路子多,炒股发了一票,财大气粗,硬把林楠夫妇带去高级餐厅,说是为他接风洗尘,一席花了几千元。喝的是"XO"洋酒,吃的是山珍海味,什么鲍鱼、鱼翅尽挑贵的点。那哪是吃味道,简直是在吃钞票啊!那个排场真是林楠前所未见的。他在美国时,连好一点的餐厅都没去过。席终告别时,他们又约好了星期天请老同学们在这家店碰碰面、叙叙旧。

星期天,果然来了不少老同学。除老罗外,有当经理的、当副教授的和两位回国探亲的留学生。比较起来,老罗最有钱;能开公司自任经理的也差不到哪里去;副教授虽然钱少了点,但名声不错。只有林楠和那两位留学生最寒酸。以学生时的成绩和才智来比,正好颠了个倒,林楠是班里的高材生,而老罗大家都叫他"大笨罗"。

难得相见,美酒当前,大家都兴高采烈,大谈成功之路、发财之道。留学生虽然还不能说什么成功发财,但留洋总是大家羡慕的事。为了凑趣,他们也说了一些海外奇闻、异域风情。名校毕业的同学之间,经常有接触联系,无形中就形成了一张能量很大的关系网,互相提携,做起事来左右逢源、事半功倍。如果这张网搭上了世家子弟、豪门姻亲,那更是青云有路、财源滚滚。留学生当然也是这张网里的重要纲目。目前虽然穷点,但他们的优势是立足国外、放眼世界。留学生自费出国,大多数靠的是老留学生的提携。能量大的,一根线可以牵出一大串大闸蟹,而且取经回国,就成了镀了金的海归派,名利双收。大家都想为这张网作点努力,也都想从中得到好处。老罗在席终时提出了要成立校友会,扩大规模,宗旨是找回学生时代的欢乐,增进未来的友谊。这件事自会有像老罗这样热心的有钱人操劳,林楠乐得凑个热闹。

林楠和常静抓紧时间,办好结婚登记,选好吉日,发出喜帖,遍邀亲朋好友。1993 年 8 月 2 日,在南京路新亚饭店,林楠办了 4 桌酒席。婚礼热闹而简单,一对新人在亲友的祝福中开始了共同的人生。婚礼之后,新人依林楠父母之命前往南京。去南京之前,首要的事情是拿结婚证到美国领事馆为常静办理赴美伴读手续。美国人很看重夫妻关系,希望留美学生能安心愉快地在美国生活、完成学业,所以这种签证会顺利通过。现在只等办完了南京的事就可以比翼双飞,到美国筑安乐窝了。

林楠父亲出生在苏北的一个贫农家庭,抗日期间就跟随新四军闹革命,历经了抗日战争、解放战争、抗美援朝战争,出生入死、屡建战功。新中国成立后,在南京市政府机关里当干部。现在年纪大了,只想安享晚年。去年听说儿子要到美国留学,老爷子发了一顿脾气。他对美国的印象不好,只知道美国堕落腐化,政治霸道,经常欺负弱小。抗美援朝更是他亲身经历,当时惨烈的战斗仍然历历在目。可是儿大不由爹,林楠还是"将在外,君令有所不受",不辞而别去了美国,得罪了老爷子。为此,老爷子一直耿耿于怀。这次去南京,林楠一是带着媳妇来讨双亲的欢心,二是为了道歉。

夫妻到了南京,风风光光地又办了一场婚礼,一切仪式规格都同上海一样。虽然8月初的南京像个火炉,但还是来了不少亲友,场面非常热闹。老两口看到儿子带来个如花似玉的媳妇,心里美滋滋的别提多高兴了。

一年来,林老爹牵挂儿子,少不了到处打听美国的情况,从儿子的来信和电话中也了解了不少。他终于明白,美国虽然有许多不是,但既然儿子在那里找到了奋斗的目标,而且听说有不少高干也把自己的子女送往美国读书,那应该是个不错的地方。回想起自己粗暴地反对儿子留学美国,老爷子有点后悔。既然思想已经转过弯来,根本无需儿子道歉解释了。他倒是爱听儿子介绍美国的奇风异俗,听得高兴了还哈哈大笑。

南京的天气很炎热。那时一般家庭还都没有空调,常静有点撑不住了,借口上海还有许多事情要办,只逗留了一个礼拜。在这几天中,她天天陪两老叙叙家常,使他们得到尽可能多的天伦之乐,了却了亲朋之间的各种人情,然后便匆匆返回了上海。

去美国过家庭生活,少不了要准备许多日用品。常静是个讲究生活的人,家用之物都很挑剔。到美国去买高级货力有不及,在中国东西便宜,多选购一些可以节省不少钱。8月下旬暑假也快要结束了,夫妻俩告别了亲朋好友,登上了去美国的航班。

林楠是个很懂得过日子的人,在回国迎娶常静之前,就已经安排了一套新房。他知道妻子讲究生活品质,就租了一套高级公寓,两室一厅,月租500美元。环境幽雅,地理位置适中,离学校只有十几分钟的步行路程,并配有中央空调,冷暖随意。夏天可以长袖衬衫,冬天一件薄绒衫就可以了。厨房和卫生间的设备和电器都齐全洁净,只要添置一些卧室用品、大厅摆设品及电视机、电脑等,就是不错的新房了。

在美国生活,衣食开销不大,最花钱的是住和行,别说买房,租房每月也要 500 美元,加上水电费、电话费和垃圾费,总得要 700 美元。在美国没有汽车寸步难行,因此差不多人手一辆车,小家庭夫妻俩也都配备了两辆车。林楠初来时为了打工,花 3000 美元买了一部半新的二手车,款式老了点,是一辆使用过 6 年的马自达。因为老主人保养得好,用起来还很应手。

离开学还有几天,夫妻俩忙着逛商场。女人大多喜欢逛街,林楠也只好跟随左右。跑熟了商场,可以发现一些买便宜货的窍门,如商店换季清仓、关门削价等,都会有较大幅度的折扣。碰巧了,几美元钱就可以买到价值十几美元甚至几十美元的东西,而且每个商店都有退货窗口,无需理由,买来的东西不称心都可以退换。据说,有些穷学生,临时需要什么东西,就买来试用,过后再去退货。如果你自己不觉得不好意思,是没人会来管你的。经过夫妻俩的几天奔忙,新居更有模样了。

学校开学,林楠又恢复了忙碌的学习和打工日子。周末才有时间陪常静逛商场、看电影,偶尔也会开车到郊外游山玩水,享受大自然的风光。密大留学生很多来自上海,复旦的就有十来位,同乡同学分外亲切,而且其中有几对夫妻,彼此经常会串门子,拉家常,也消除了许多思乡之苦。

常静平时都是一个人在家里看书、看电视,她虽然温柔文静,日子长了也会产生一些寂寞和不安全感。因为没有自己的车子,也没有学会开车,常静只好少出门。但林楠是一个粗心而且主观的人,既没有为妻子白天单独的处境设想过,还说为了爱护她、怕她出事,限制她外出消遣。还有件令常静不快的事,新婚不到半年,常静怀孕了。她喜欢孩子,以为林楠会一样高兴,却万万想不到丈夫听到这个消息竟马上逼着妻子去做人流,而且主观地决定,在没有拿到博士学位和找到正式工作之前决不生孩子。常静很伤心,忍着眼泪做了人流。一个家庭危机已经开始酝酿。

美国的家庭妇女,有很多不生孩子、不工作,但要做家务、管理花园,有的则领养子女或养些宠物。常静住的是租来的房子,没有太多家务。林楠午饭在学校吃,晚饭在中餐馆打工时吃,平时家里就剩下常静一个人。如果有个孩子作伴,生活也会愉快些,如今却终日无所事事,生活孤独寂寞。时间长了,由寂寞生恐惧,常静逐渐失去了安全感。她外表看起来很能干,但内心却是脆弱的,对环境的适应能力比较差。这种内向、自我封闭的性格,使终日生活在胡思乱想之中的她,愈来愈怕丈夫靠不住,怕走不出家庭,前景茫茫,怕发生意外。只要林楠晚点回家她就提心吊胆,仿佛灾难就要来临。

常静的异常情绪,终于引起林楠的注意。他想知道妻子在想什么,怕什么。经过好言相劝,常静终于说出了内心的孤独和恐惧。林楠意识到问题的严重性,觉得自己整天忙碌,对妻子缺少了关怀和爱护,很是内疚。林楠开始试着帮助妻子接触社会、适应环境,为此,他每天都带常静一同去学校。校园里气氛活跃,环境优美,鲜花满园,绿草如茵,西北角的大池塘中有许多锦鲤,还有成群的野鸭栖息。池边有个凉亭,倚座观景,乐在其中。学校里藏书丰富的图书馆,很快成为常静消遣时光的最佳去处。而且课间休息、午饭时间,林楠就来陪她或共进自备午餐。晚上林楠打工,也经常带她去。老板和店里的员工对林楠很好,常静动手帮忙,多少也有点报酬,至少饭钱省了。一段时间下来,常静的心态好多了。

1994年秋天,密大物理系新来了一位上海姑娘,名叫彭莉,年纪很轻,是应届本科毕业生。那时能出国留学的大都是硕士研究生,甚至博士毕业生,所以彭莉比起学长们来要年轻得多。她长得娇小玲珑,性格热情奔放,虽然没有如花似玉般的魅力,但灵气逼人,浑身散发出诱人的青春气息。

彭莉出身书香门第,父亲是早期留英的教授。"文化大革命"前被打成右派和反动学术权威,送往农场强制劳动。从那时开始,全家陷入了危难之中。母亲受不了惊吓,大病一场,因无钱医治而撒手人寰。彭莉很小,就寄人篱下,靠亲戚和邻居的照料勉强生活。环境迫使她早熟,并赋予她勇敢的精神和自我保护意识很强的个性,而她天赋的聪明机智,更使她样样都出类拔萃。

　　"文化大革命"结束后，父亲被平反，恢复了教授身份，彭莉得以摆脱困境，并考取了复旦大学。她平时住在学校，只有周末回家和父亲相处，帮着料理家务。因为父女长期分离，感情比较淡漠。后来，父亲在 60 岁时娶了一个 40 来岁的老姑娘。不料，这位后母新婚不久生了个儿子，恃有老爷子撑腰，开始拿姿作态，看着彭莉不顺眼，经常无事生非，对彭莉发脾气。彭莉是个心高气傲的人，哪里受得了这个气，常常与她针锋相对。但看到老父亲夹在当中受气，心中不忍，于是，周末也很少回家。彭莉开始盼望着大学毕业后远走高飞，最好是出国留学，争取自己的光明前途。

　　前几届学长们有许多都出国留学了，令彭莉十分羡慕，而这也是摆脱后母阴影的好方法。

　　无巧不成书。正当彭莉毕业离校时，一位在美国留学的复旦校友回国探亲。此人名叫胡刚，在圣路易斯市密苏里大学物理系攻读博士学位。胡刚不仅博学多才，又古道热肠，朋友多、人缘好，乐于助人。

　　彭莉摸清了情况，带了礼物登门拜访。她见到胡刚后恭敬有加，大大方方地作了自我介绍，并清楚地表达了自己想要留学美国的愿望。美丽的姑娘这般侃侃而谈，再加上楚楚动人的样子，一般男人是很难拒绝的。更巧的是胡刚这次回国探亲，顺便也想要找一位合意的对象。经过几次畅谈，胡刚自我感觉很好，觉得彼此情投意合，应该是天作之合。而且两人都有类似的生活遭遇,有着同病相怜的感受,这个忙说什么也要帮。

胡刚也是知识分子家庭出身,父母在"文化大革命"初期就被送往"五七"干校劳动改造。年幼的胡刚自小就失去了父母的关爱,靠祖父祖母教养成人。祖父是地道的旧知识分子,言必称伦理道德、孔孟之说,家教极严。

胡刚比彭莉大7岁,他们虽有着一些相似的经历,但胡刚要比彭莉幸运些,在父母接受改造时,他有祖辈疼爱。处境不同、家教不同、年龄不同,其结果也截然不同。彭莉靠自己的聪明才智和勇气在苦难中为生存而奋斗,由此,造就了大胆干练、以自我为中心的性格;而胡刚在严格的管教下,成了一位循规蹈矩的谦谦君子。

胡刚博览群书、知识渊博,甚至连周易八卦、道经佛典都精通,因此同学们都叫他"胡半仙"。出国前他有过一次失败的恋爱经历,这对他的伤害极大。由于他循规蹈矩的习惯和缺少情趣的性格,处事还有点马大哈,结果相处多年的爱人因为受不了他不冷不热、缺少激情的个性,跟一位风流倜傥的富家子弟先一步出国了。之后,胡刚虽也留学到了美国,但在国外多年,想找一位合适的对象并不容易,而且看到许多在国外结合的家庭都维持不长,这也是胡刚决定回国寻找意中人的原因。碰到彭莉,他隐藏多年的爱情之火被重新点燃了。

胡刚一厢情愿地认为这是天作之合,因此未经深入了解就一口答应帮彭莉联系到密大留学。他没有表明自己的心意，也不知道彭莉的个性和她那颗不安定的少女的心。他以为为她做好一切，尽心尽力地照料她，她理所当然会成为自己的人。这种马大哈式的处事方式，让胡刚再一次品尝了痛苦的滋味。

胡刚放弃探亲的时间，带着彭莉的所有证明材料，兴冲冲赶回美国，为彭莉打点留学的事。密大物理系有位老教授姓严，也是上海人，和胡刚很投缘，平时交往甚密。严教授在学校里很有威望，有权力招选学生，过去胡刚也曾通过他介绍过几位同学来校。

胡刚不敢耽搁时间，一到美国就去见了严教授，把彭莉说得十全十美，并透露这关系到自己的幸福和前途。严教授为他的真诚所感动，努力争取到了校方同意。彭莉的录取通知书发出了，胡刚终于放下了心中的一块石头。他开始忙于为彭莉安排住宿和入学等事情，并通知彭莉快去办护照，一旦接到密大通知书，就立即去美国领事馆办理签证。其他一切的证明、保单都由胡刚办妥了，彭莉没有碰到什么麻烦就通过了签证。差不多就在同时，胡刚寄来的赴美机票寄到了，彭莉顺利实现了自己多年的留美之梦。

到了美国，一切都顺利成章地由胡刚安排。同学们也都把彭莉当作胡刚的妻子，至少是未婚妻。开始时，彭莉的确乖巧，认真学习，踏实生活，也的确很感谢胡刚的帮忙。但她很清醒,感谢不是爱,她从来没有爱过胡刚,性格不同,年龄相差又太大,所以胡刚所有的暗示都被她婉转巧妙地推开了。

过了一年,脚跟站稳了,对美国的生活和社会观念也都适应了,彭莉争强好胜的性格便逐渐显露了出来。美国的自由竞争、以自我为中心的观念,与她很合拍。彭莉逐渐意识到,自己不能长期生活在胡刚的庇护下,要走自己的道路。尽管胡刚曾经为她铺平来美国的道路,为她争取到每月 700 美元的助学金,初到美国时又帮助她克服一切困难,还手把手地教她计算机课程并为以后的学习打下了坚实基础,但以她争强好胜的性格决不会为感恩而放弃自己的追求。

彭莉和林楠同是物理系的学生,虽然年级不同,但是在校园的同一区域,经常见面。他们都是复旦的校友,自然是亲切一些。林楠清秀的面孔,诚实的性格,以及年轻强壮的体魄都深深地吸引了彭莉。她利用一切机会接近林楠,她知道他爱好摄影,就投其所好常常与他大谈自己对摄影的热爱,并常请他为自己拍照。在拍照时,彭莉摆出各种迷人的姿态,自然而然地,两个人成了好朋友。

事实上,林楠不是一个喜新厌旧的人,他对常静是非常关爱的。也许是在美国时间久了,觉得男女之间交个朋友也很正常,中国人有个红粉知己还传为佳话呢,何况自己没有做对不起妻子的事。可是彭莉不这样想,她知道林楠有个妻子,而且夫妻感情很好,但她更认为美国是自由竞争的国家,一切竞争都应该是自由的。现在常静是林楠的妻子,通过竞争她也可以取代常静而成为林太太。她才不会去考虑常静的感受和失败后的处境呢!

日子一长,流言蜚语开始传播,常静也觉察到了一些迹象。稍加留意之后,常静发现了丈夫和彭莉勾肩搭背有说有笑的亲热情景。常静是个特别敏感又特别烈性的女子,哪里受得了如此刺激,几次向林楠提出警告,情绪相当激动,甚至产生了轻生的念头。林楠坚决不承认自己和彭莉有什么越轨的行为,认为只是朋友而已,没有必要如此认真。这种轻描淡写、不痛不痒的回应,更激起了常静的愤怒。

常静表过心意,作过努力,但事情却越来越严重,恐惧和绝望的心情使她心如刀绞,望茫茫大地竟没有她容身之处,异国他乡也无援助之手。慢慢地,她的思想钻进了牛角尖,在无奈中,她痛下了自杀的决心。

1995年6月,一个闷热阴沉的下午,常静写下了绝命书,一咬牙把一瓶止痛药全部吞了下去。也许是命不该绝,常静选择了服药自尽,服的又是不立即致命的止痛药。如果是跳楼、投缳或使用烈性毒药,她恐怕早就玉殒香消了。虽然一瓶止痛药是足以致人死亡的,但要等到药效发作,毁坏肠胃黏膜,损害大脑神经,需要几个小时甚至大半天的时间。常静服药后,静静地躺着等死,清醒的大脑甚至使她能够感受到药性每分钟都在加重对她生命的侵蚀。

　　以往的生活经历如播放电影一般在眼前一幕幕闪过，难道自己年纪轻轻就了结了这美好的生命吗？在生死挣扎中，常静猛然惊醒，为什么我一定要死，凭什么以自己的生命为代价来成全他们的幸福！世界那么美好，生活的道路那么多姿多彩，难道我就不能选择一条属于自己的更好的路走吗？所有的不甘心激发了她求生的本能。在绝望和痛苦中，她拿起电话，到处找林楠，可一连几通电话都没有接通。打急救电话，她又放不下面子，没错，有的人把面子看得比生命都重要。迷糊中，她查到了几个朋友的电话号码，颤颤抖抖地打了三次才接通了一个电话，终于拣回了一条命。

　　密大的上海留学生不少，其中有一对夫妻，丈夫叫王大伟，妻子叫高红，都是林楠的好朋友。

　　那天大伟、高红刚从学校回来，听见电话铃声响个不停。大伟拿起话筒一听，觉得不对劲，话筒中传来哭泣声而且语音模糊，但他终于听出了是常静的声音。联想到近来风闻他们夫妻间感情出了点波折，大伟二话不说，拉着高红驾车直奔林家。他们敲了几下门，没人答应，推开虚掩着的门，只见常静在床上痛苦地打滚，口吐白沫，神志已经不清，无法回答任何问题。大伟是个细心人，四周一瞧，发现地上有个空药瓶，旁边散落着几粒药片，不用问，什么都明白了。高红立即拨通了急救电话。不到 10 分钟，常静就被抬上了救护车，车上设备齐全，在路上就开始紧急抢救。当时常静已经昏迷，血压也无法测量,生命垂危,随车医生马上为她注射了强心针。一进医院,急救室已做好了一切准备工作,一分钟都没有耽搁,立刻投入抢救,又打针又灌肠洗胃,折腾了好一阵子,才把常静肚里的药物清洗干净。做了多种化验后,医生松了一口气,宣布她已无生命危险,并告诉大伟,如果再延误片刻就回天无术了。生命虽然保住了,但肠胃黏膜和大脑神经究竟受了多大伤害,一时还难以确定,还需住院观察几天,当务之急是尽快找到林楠,许多事情都等待他处理。电话传电话,消息一下子传开了。傍晚时分,林楠匆匆赶到了医院急救室,见到常静气若游丝、面无血色地躺在病床上,床边围着好几位闻讯赶来探望的同学们。面对垂死的妻子,林楠五内俱焚地扑在常静身上放声痛哭,并且郑重地作了痛改前非的保证和深刻的忏悔。

事实上,林楠和彭莉还只是好朋友,彭莉虽有夺爱之念,但林楠并无弃旧之心。可如果没有常静的以死相诚,日子长了有什么后果也很难预料。常静的决断显然收到了断绝婚外情愫发展的一切可能,从某种角度看,这何尝不是件好事。

常静住的是公立医院,收费低,条件相对也差一些,但美国的医疗费用普遍昂贵。常静住院两天,连抢救费用一共花了 7000 多美元。常静没有医疗保险,林楠存款也有限,根本无法付清这份账单。美国整个医疗机能的运转,大都靠保险公司的调节平衡。全民保险机制起到了以社会力量帮助个别病人的作用,但因为常静没有定居身份,又没有钱购买医疗保险,这就免不了目前的医疗危机。

在美国抢救病人一般不会先考虑病人是否有支付能力,对有经济困难的访问者,尤其是穷留学生,他们有些应急机制和特别的福利补助。林楠拿着账单向校方说明自己的身份和家庭情况,请求减免勤务缓期付款。因为是公立医院,院方好像有过处理这些情况的经验,略经查问,就没有为难林楠,让林楠付了能力所及的 1000 美元,写了一份缓期付款的申请书,暂时把这笔账挂起来,就让他带着常静出院回家去了。虽说暂时躲过了经济困境,但在他们夫妻心中,这笔债是个警告,是个精神负担。

经过这次教训,林楠规矩多了。的确,这想起来让人后怕,因为如果常静有个三长两短,他不仅要负疚终生,而且自己的前途也毁了。自杀未遂医院总是要上报的,但因为是感情上的事,又没有人起诉,警察局只是作个记录,提个警告。不过,如果人死了,就免不了要立案侦查。林楠还没拿到绿卡,学校也难以保护,即使无罪也要被遣送回国。

常静死里逃生,虽然断绝了丈夫可能发生外遇之路,但被羞辱和被伤害的心灵是难以平复的。夫妻之间的关系像精美的瓷器一样,一旦有了明显的裂痕,永远难以修补完好。多日的深思令常静深切地体会到要生存,特别是要在举目无亲的异国求生存,必须要有自力更生的能力。任何人,包括林楠,都是靠不住的。为此她下定决心，要学点谋生的本领走自己的道路。她原来是南京大学的高材生，托福考试得过 600 多分，语言不成问题。过去，她缺乏的是勇气。现在，求生的本能激发起了她的勇气。现在她要做什么，林楠是不会反对的，况且要学本领这是很正当的理由。

回头再来说彭莉，她万万没有想到常静会自杀，幸亏自杀未遂，如果真的出了人命，不仅林楠吃不了兜着走，她也脱不了干系。初来美国就留下一个坏的记录，那是很麻烦的，弄不好会影响自己的前途，从此难以在美国立足。好不容易实现的美国梦，就此破灭，太不值得了。想到这里，彭莉不得不收敛自己，自动退出了这场本来就是错误的竞争。在美国生活，胆子故然要大，但更要紧的是不要留下坏的记录。如酒后开车、偷税漏税和犯事进过警察局等坏纪录多了，就会失去信用，不仅银行贷款借不到，就连工作单位也不肯收，结果只能寸步难行。彭莉明白，要在发达国家生存和发展，守法和信用是必须的。

到了暑假，常静身体已经恢复，和林楠商量着想在下学期出去学点计算机，这是当时最热门的学科，学两年就可以找个不错的正式工作。既然林楠暂时不想生孩子，她一个人呆在家里也寂寞无聊。林楠也想换个环境，这儿熟人太多，碰到彭莉也很难堪，而且学物理的出路不佳，和常静一起改学计算机也不错。只是觉得放弃博士还有助学金有点可惜。但是为了便于找工作，也为了离开这个难堪的地方，作点牺牲也是难免的。

在圣路易斯市西北方百多里的地方，就是伊利诺斯州的地界。那儿有座州立大学，该校的计算机系特别出名，毕业后不愁找不到工作；而且校园环境优美，北边沿湖，湖水清澈，芦草丛生，近湖是一片森林，树高荫浓叶满地。幽林中矗立着的宿舍大楼，是专为师生员工建造的。学生宿舍也是一般的套房，设备齐全，环境幽雅，有利于学生的生活和学习。因为是学校宿舍，非营利地产，房租收费也比较低。近几年来，附近城市的中国留学生，为了毕业后有个好的出路，都转学到此改学计算机。林楠也是经朋友介绍来的，目睹了这个校园的美景，夫妻俩同声称赞，也下定了转学的决心，希望这个桃花源似的环境能为他们的新生活和新学业创造良好的条件。

在美国要求转学是比较容易的，只要你具备两个条件：一是成绩好，有相应的学位；二是付得起费用。林楠和常静都是高材生，以往的成绩是无可挑剔的。两个人课余时间打工，虽然辛苦点，但还是付得起种种费用的。况且一套宿舍每月租金是 200 美元，比原来 400 美元的公寓节省了一半。唯一可惜的是林楠不得不放弃物理学博士的学位，以及每月 700 美元的助学金。人生在世不如意十之八九，庆幸的是离开了难堪的是非之地。

办好一切转学手续，夫妻俩在开学前搬进了第 12 号宿舍大楼,感觉真是太好了。宿舍就在大湖边三楼上,推开窗户,透过树梢,可以看到波光粼粼的湖面。沿湖有条两米多宽的平坦小道,约有两公里长。当晨曦初露,旭日将升,水面漂浮着一层薄雾,令人陶醉,又让人产生无限的遐想。片刻后,红日东升,湖水溶气,幽林献翠,大地充满了生机。

美丽的大湖一年四季变化莫测,景色宜人。春天里碧波绿树犹如翡翠世界;炎炎夏日又有水风送爽,浓荫蔽日,林间成了清凉世界;到了金秋,红叶黄花,仿佛为大湖戴上了一个大花环;冬天里雪地冰湖,清幽冷洁,一片无瑕的圣境,更令人神往。不管什么季节、什么时候,身处这个湖边,都会心旷神怡、忧虑俱消。

优美的环境,宁静的心情,良好的教育是很能启发人的智慧的。林楠除了打工学习外,把全部心思都用在修补感情的裂痕上。常静只是偶尔才随丈夫出去打工,因为在功课和学习上她比不上丈夫,所以花的时间要多一些,不懂的地方还要林楠帮她复习。由于信心足、方向明,他们的生活过得平静而充实。伊大的两年校园生活,是他们在美国度过的最美好的日子。

不管春夏秋冬,夫妻俩每天早晨都要在湖边小道上走上半小时,慢跑一个来回,然后回家吃早餐。春夏期间,散步常常会惊起芦苇丛中的野鸭。有时,在道旁偶尔还可以拾到几个散落的野鸭蛋,拿回家油炒蛋或冲牛乳吃,营养很好,味道也不错。不过拾蛋也有学问和规矩,凡是散落在道旁的都可以拾,你不拾反正早晚也是乌鸦和松鼠等小动物的口中之食。但芦苇中间,或湖边的隐秘处十来个一堆,边上围有枯枝败草做成的窝,是不能拾的,那是野鸭要孵的蛋,是用来传宗接代的,拾了就会破坏自然生态。这里的野鸭子从不怕人,也没有人会伤害它们,虽然要抓几只很方便,但这是绝对不允许的行为。美国保护野生动物的观念深入人心,随便捉野鸭会犯众怒。据说有人捉来杀过,一堆带血的鸭毛被邻居发现了,一个电话警察赶到,又赔款又警告,事情闹得很大。

大湖里鱼很多,因此又是钓鱼的好地方。休闲时,在湖边选个干净的地方,随身带两把活动躺椅,在眼皮底下放三五杆装好鱼饵的钓竿,面向大湖舒服地在椅上躺着。夫妻俩爱说点什么就说点什么,眼开眼闭打个小盹也无妨。当感觉到那竿子动了随手提起,几乎竿竿不空。

几个月的隐居生活过后,旧事的印象有点模糊了,伤痛也消失了,两人不免又想起了朋友们。中国人在异国他乡,特别看重同胞的情谊。更何况像大伟、高红等好朋友,在他们困难的时候,都热情地伸出援手。老同学都还在圣路易斯市,相隔不过百余里,高速公路开车一个多小时就可到达。所以,差不多每过一两个月,夫妻俩都会到圣路易斯城一次,会会老朋友,聊聊家常,有时还会电话相约几位朋友开个"派对"。他们夫妻俩都在中餐馆打过工,能烧几个拿手菜。来的客人不多,围坐一桌把酒言欢，谈些同学和朋友的近况，为幸运者高兴，为不幸者叹惜。朋友们来多了，还可以以自助餐的方式，每人拿一次性的杯盘挑自己喜欢的小菜装满一盘，随手拿瓶啤酒或别的饮料，和谈得来的朋友坐在一起，海阔天空、无所顾忌地想说什么就说什么。"派对"是留学生们联络感情、制造欢乐常用的方式。

林楠放弃博士学位和助学金，看起来有点冤，却是明智之举。

在美国，学位被看得很重。博士的工资要比硕士高，硕士的又比学士高，工作以后就看你的本领和对企业的贡献了。美国大学生很多，能拿硕士和博士学位的人比较少，因为对研究生的要求很高，令人望而生畏。中国留学生大都是来拿高学位的，因为这对毕业以后自然融入美国社会的中上层有好处。事实上，在现实生活中，有博士学位的人，找工作的机会不一定就多，还要看当时社会的需求。有时候急着工作，博士也只得以硕士学位来应聘。因为社会上小企业多，小老板用不起博士，用硕士工作几年，经验不比博士差多少，还可以为企业节省不少开支。

当时林楠坚决不要孩子，伤了妻子的心，但从后来他俩的发展来看，这个决定是明智的，只是态度有点武断，手段有点粗暴。因为如果带着孩子，不知要增加多少苦痛和困难，争吵免不了，家庭也不会幸福。当然，如果夫妻都喜欢孩子，养个孩子吃点苦也是值得的。孩子可使家庭更加温暖幸福,尤其是常静,在孤独寂寞时有孩子可以做伴,消极失望时,孩子能给她勇气和力量。

美国有许多家庭不要孩子,工作紧张、经济问题是原因之一,还有其他的原因,如人们普遍喜欢自己过得自由潇洒些,女人养了孩子容易变老,要保养容颜体态,最好不要孩子。美国也有许多家庭,自己不生孩子却又喜欢孩子,就设法从国外领养小孩。多数是从孤儿院里领取的,这已成为了一股风气。其中,就有不少美国家庭从中国领养孩子,大多数领养者对所领养的孩子充满着爱心,周末还送孩子到中文学校里念书,让他们学习祖国的文字语言,体会自己祖国的文化,学会热爱自己的祖国。相比之下,中国人领养孩子大多不让孩子知道自己的生父母,顾虑之心多了一点。

美国是个移民国家,大多数人来自其他国家。其中,非裔和亚裔家庭的孩子比较多,除了各自的家庭观念和习俗外,一个重要的原因是美国的福利很好。贫穷的家庭不必为养不起孩子而担心,有的黑人家庭反而因多生孩子而全家受益。

幸福的生活,日子总是过得特别快,转眼间林楠夫妇两年的校园生活将要结束了,接下去又是人生的关键时刻。在离校之前,他们必须要找到稳定的工作,这是继续留在美国所必需的,靠打临时工是很难取得绿卡的,更难有好的前途。

求职有许多方法,如果成绩突出,在学术上有所建树,能得到教授或学校的推荐信，就比较稳妥。最普遍的求职方法是向各对口单位或公司广发求职信，这使如何写好"求职信"已成为目前美国的一门新兴学问。因为在应征之前，公司或企业单位的招工人员首先看到的就是你的"求职信"，如果信写得简明扼要，有价值、有分量，容易引起好感，否则第一关就过不了。过了第一关接下来是面试，前往面试的住宿机票都由招工单位负责。全国的大公司、大企业或政府部门都会有个专门的机构负责阅选求职信，并负责接待面试的人，所以接到面试通知，事情就成功了一半。负责面试的人会提出多种问题，有经历的、生活的、专业的及人品和工作能力方面的等。回答需简要明确，要表示对招收单位的向往和热爱，最好要有详细的工作计划和大胆创意，使主考官印象深刻。所以，应付口试有两点很重要：一是说话要清晰，口语流利很关键；二是胆子要大，不妨把自己的学识说得高一点。在口试中，能说比能干更重要，干是录用以后的事，聪明人在工作中干着学也不难。

林楠知识面广，又有扎实的物理学基础和丰富的美国社会经验，学了计算机后更使他如虎添翼。他和常静的求职信都是两人的精心之作，并请几位高人指点，在毕业前一个月，向各地的对口单位同时发出几十封。功夫不负有心人，林楠在离校之前收到了本地一家公司的应试通知，并顺利地通过面试被正式录用了。企业虽然不大，但工资却也不少，年薪

5万美元。有了稳定的工作，不错的收入，常静的工作问题就不那么迫切了，他们的家庭开始走出了阴影，迈向光明的未来。稍有不足的是单位太小，虽说小企业就业机会多，学得到东西，但抵御金融风暴的能力差，一有风吹草动，就会被炒鱿鱼。

在美国，中小企业受国内及国际金融影响的起伏较大。经济好，就业的机会就多些，否则首先受害的总是它们。裁起员来首当其冲的必定是能力差又没有绿卡的新职工。没有绿卡和公民证的人，一旦失业就惨了，既无社会保险又无失业救济，只得重操打工旧业。林楠任职的小企业就这一点令人担心。

在美国，选择职业很自由。老板要炒职工鱿鱼也无需多大的理由，如：经济不景气、经营不善或工作能力差等都是理由，按规定多发几个月的遣散费，就可以打发走人。反之，职工如有好的去处，按协议规定提前向老板提交辞职信，就可以自由地另攀高枝了。

毕业之后，不能再赖在校园宿舍里，林楠又回到圣路易斯市，在单位附近租了一套两室的公寓。在美国搬家是很方便的，公寓里一般日用品和电器设备都是现成的。林楠的家当本来也不多，只要花几十美元向搬家公司租一部搬运车子，叫几位朋友帮帮忙，自己开车装卸，然后请他们上餐馆吃顿饭，百多美元也就解决了。而且，老朋友碰头，说说笑笑人情友情都有了。

　　一般来说，留学生毕业有了工作后，有三件大事要办：买房子、娶妻子和生孩子，林楠暂时还不想生孩子，所以也不必急着买房子。常静学业有成，对美国的社会文化也已经习惯，再也不是过去无奈和绝望的常静，不生孩子反而了无牵挂。林楠有了工作，常静虽然暂时还是要做一个家庭主妇，但她也开始积极地谋求工作，下定决心走不依靠他人之路。

　　从长远利益来说，买房子比租房子合算。在美国有个稳定的工作，一般人都会买房子，手头没有钱也没有关系，只要有信用、有固定收入，15 年乃至 30 年的长期贷款都可以借。房地产买卖是美国经济的支柱之一。十几万美元的房子，每月本息大约千多美元，若干年后房子就是自己的了，而且房价随着经济发展而提高，是会增值的。另外，租房也不便宜，林楠租的两室公寓每月要 600 美元，只出不进的。如果有了自己的房子，感觉将大不相同。常静是个讲究生活的人，心中好想有座自己的房子，但现在钱是林楠赚的，要什么不要什么，只能听他的。

　　圣路易斯市与美国东西海岸的大都会相比，在经济繁荣、气候条件等方面都差一点，因此生活费用也相对便宜得多。林楠所租的公寓如在纽约、旧金山，月租都将在千美元之上。所以城市小也有它的好处，环境安全清静，生活开支少，民风淳厚。虽然气候差点，但每家都有空调、汽车，娱乐场所及商场也是四季如春。

　　林楠的工资在当地算过得去了。中国留学生聪明能干，很容易做出成绩，几年间工资升到十来万美元的大有人在，这使得老美不得不另眼相看。

　　工作了一年多，生活更安定了，林楠得知爸爸想来美国看看，觉得做儿子的也应该尽点孝道。于是1997年的冬天，林老爹顺利地取得了签证，就等着儿子的安排。林楠工作忙，走不开，常静身体弱，回国接人也有困难。再说多一个人来回，费用更贵。正好打听到有位好朋友回国探亲，也在这个时间回美，就打电话拜托他一路上代为照顾。

　　林老爹初次出国，健康欠佳，哮喘病久治不愈，一遇紧张和刺激就容易犯病。上了飞机就浑身不自在，好在一路上朋友照顾，也没有发生什么事。只是在旧金山市进关换机时，朋友忙于应付检查，一不留神不见了老人。林老爹对英语一窍不通，走失了就麻烦了。还好在起飞之前通过话筒广播，有人领了他来。原来他下了飞机，头昏眼花顺着人流一直往前走，发觉不对劲时已经走失了，只能干着急瞎转悠，语言不通又无从打听，最后总算有惊无险，但把朋友吓出了一身冷汗。

　　林楠和常静早在机场等候，当朋友把老爹交到他手里，说起旧金山的事，林楠心中十分过意不去，再三道谢。而老爹一路劳累惊吓，再加上时差难以适应，一到家就病了，连夜咳嗽并有寒热，但死活不肯上医院，说是老毛病，随身带有药物，不会有事的。出国旅游，一开头就不顺利，林老爹对美国最初的印象可想而知。

常静是个很敏感的人，老人彻夜咳嗽，辗转反侧，让她一夜未能入睡。早晨起来大家心情都不好，相见也不那么热情了。老爹昨天到家已是晚上，什么也没有看清楚，早起拉开窗帘，眼前一片白茫茫，大雪覆盖了大地，像死气沉沉的白色沙漠，老爹的反感加重了。

圣路易斯地区虽然不是美国最冷的地方，但冬天大部分时间都在白雪覆盖之下。目前是隆冬腊月，前几日又接连下了几场大雪，积雪有一尺之深。林楠的家在城外西郊，若非冬季，周围一片草地，到处都是绿油油的绿树青草，空气清新，环境十分宜人，可如今在老爹眼里，仿佛没有一点生机。"境由心生"，一点也不假，人们对事物的观察，第一眼往往是最重要的。据说老爹回国后，有人问起他对美国的观感，他脱口就说美国像一片大沙漠，根本比不上我们的上海、北京和南京等繁华的大都会。这一半是偏见，一半是气话。因为他在美国生了几场病，困坐了两个多月，回国前儿子带他走了几个小城市也都一般，心里自然有气。

圣路易斯地区这年特别冷，两个月来大雪冰封。老人整日里坐困愁城，难得出去走走，冰雪路滑，走远了不仅危险也怕认不得路。根本不像在南京，许多老战友经常碰头，谈起战火烽烟的日子激情满怀。老爹的心情被埋在了冰冷的白雪底下。儿子工作忙，媳妇有自己的事情，即使有空闲也不会陪老人谈天。只有周末，儿子休息才有机会带老人出去走走，会会中国朋友，但都是年轻人，也说不上几句话。电影看不懂，逛商店也非所好。

老人心情不好，老毛病常发，每次都是连夜咳嗽，自己难受，儿子也没办法，常静难免有不悦之色，夫妻之间又多了点矛盾。在美国探亲 3 个月不到，老爹半夜咳嗽喘不过气紧急送医的就有两次。在美国看病，特别是急诊抢救，费用很高。老人没有医疗保险，林楠工作不久，底子浅，两次急诊差不多花去了大部分家当。无可奈何之下，只得送老人回国，这也是林老爹自己要求的。

一般探亲期限多为半年，如果需要可以申请延期到一年，有经济担保的，搞个临时证明也不会有人查问。不过，在此期间不能打黑工，不能犯法。如果滞留超过一年，以后再来就有麻烦，据说要 10 年不能来美探亲。林老爹 3 个月不到就回国，下次再来就方便了。按美国政府的说法，这意味着这个人信用好，可以优待。可惜林老爹受够了洋罪，再请他也不会来了。

为了使老人对美国留有一些好的印象，回国前，林楠夫妻俩请了几天假陪老人出去玩，希望尽点孝道。

新奥尔良是个旅游的好地方，墨西哥湾气候比较温暖，寒冬犹如清秋。海边有洁白的沙滩，沿海几十里是有名的别拉西克大赌城。城里的夜生活丰富多彩，摇滚、色情，花天酒地、通宵达旦。郊区还有一个著名的沼泽公园，阴森恐怖，时有鳄鱼出没。

新奥尔良的确是一个黄金旅游地，不过，新鲜刺激这个地方不适合老人。林老爹一不赌二不舞，他的夜生活只能是在床上睡觉。天气虽然晴朗，但毕竟是严冬，老人还是受不了。去了沼泽公园后，因为天冷，鳄鱼根本就不出现，阴森森的怪鸟啼叫，风啸树摇，直叫人冷得发抖。船上虽备有毛毯，但老人裹了两条毯子还直打哆嗦，吵着要回家。

从圣路易斯到新奥尔良走高速公路要 8 小时左右，但半途可以停车休息，吃点东西，活动活动筋骨。中途有个城市叫孟菲斯，它是田纳西州的第一大城市，市容整齐，历史悠久。去时匆匆，老人未加注意，回来时老人有了兴致，想下车看看。林楠心中正有愧疚，此次旅游花了时间和钱，却不能使老人高兴。听说父亲对孟菲斯感兴趣，当然高兴，就陪他到处走走。运气不错，附近有一个展览馆正在展出中国玉雕。据说是一个美国富翁喜爱中国玉雕，出巨资到处购买收藏，并雇玉匠按自己的设计雕琢的玉器。老人有了兴趣，儿子唯命是从，连忙去买了 3 张票。展览馆有五六个大小厅堂，摆满了大小玉器上千件。大的有八仙过海、唐僧取经、蓬莱仙岛等，有几米见方，狮、虎、象、猴也和真的一样大小；小件则琳琅满目、精妙纷呈。虽是外国人的收藏，但塑造的毕竟是中国的东西，给老人留下深刻印象。孟菲斯在美国不算大,但名气不小,这里是黑人人权领袖马丁·路德·金的故乡,他为美国黑人的彻底解放作出了巨大的贡献;这里又是摇滚歌星"猫王"的成长地,在世界上,不知道美国总统的人不少,但不知道"猫王"的就是孤陋寡闻了。

林老爹记不住外国地名,要记住这座城市还真是件麻烦事。林楠灵机一动说:"爸爸,你这么记啊,'孟菲斯'就是'麻烦事'。"这一招果然管用。据说回国以后,林老爹能够记住的几个美国城市,"麻烦事"就是其中的一个,还常向人道起这个在美国不很起眼的城市。林老爹的美国之行实在有点冤,他在错误的时间、错误的地点及错误的导游带领下,对美国得出了错误的观感——"像个大沙漠"。

林老爹在美国住不惯,有人说是常静不乐意他住得太久。也许有点关系,但主要是老爹的哮喘病和生活上的不习惯,还有前面提到的一些不如意。这也许就是佛教上所说的"缘分",林老爹与美国无缘吧。

留学生在美国安定下来之后,邀请父母出来探亲是很普遍的,多数是感念生育之恩,请父母到美国来开开眼界,到处走走,看看纽约、华盛顿、旧金山、赌城拉斯维加斯等,领略一下资本主义的特色。孝心好的,还为父母申请绿卡或办理移民,以便于往返中美之间,常享天伦之乐。有不少留学生家庭,夫妻读书或工作忙得无法照顾婴儿,收入有限请不起保姆,送孩子回国抚养又舍不得,牵肠挂肚地念不好书也干不好工作,于是请父母过来帮忙。还有些留学生的父母,年纪不大,有技术、有本领,则以探亲之名来美国做生意、打工赚外快。无论以哪种方式来美国探亲,这都是子女的孝心。孝是宇宙间的大爱,只是各国各民族都有自己的孝道。中国历代以"孝"为百善之首,以孝治国,以孝齐家。时代虽然不同了,但"孝"依然是人们心中的一个永恒不灭的社会道德的基石。美国的情况有所不同,但"孝"依然是社会的重要道德标准,因为美国比较富裕,老人都有固定工作或退休金以及各种社会福利,老人在经济上足以自给,那体现在经济上的孝,就不像在中国那么重要了。子女成家后和父母分开居住,在生活上比较自由,纠纷少,烦恼的事也少,节假日带着老婆孩子去看望父母,带去一些精神和物质安慰,或去接父母亲戚朋友开个"派对"以叙天伦之乐。在老人生病时善加照料,在老人寂寞孤独时给予温暖和安慰,不要让父母为子女担心。家庭安乐是社会安宁和平的基础。

1999 年,美国经济开始出现衰退,有的行业开始裁员。林楠的公司首先受到冲击。效益下滑,裁员开始了。林楠是新职工,还来不及做出什么特殊的成绩,又没有绿卡,自然被列入裁减名单之中,他只能带着补偿的 3 个月工资黯然离开了公司。

在经济不景气的时候要换工作很不容易,再说你被炒了鱿鱼,别人就有理由怀疑你的工作能力和处世方法。

在美国生活,困难和失意是常有的事,要有足够的思想准备和承受能力。林楠的适应能力和顽强的精神是值得赞赏的。他继续找寻工作,一时没有合适的,就重操旧业,到中餐馆打临时工。虽然辛苦,但解决家庭温饱还是不成问题的。林楠也曾考虑改行从商,贷款开中国餐馆或杂货店。在美国,要成名就要当教授、工程师,要发财就要当商人,但这个想法马上遭到常静的坚决反对。她认为搞科学技术是自己的本行和目标,她坚信只要有本领,总会有出路的。

说来也巧,林楠失业不久,常静收到了芝加哥一个公司的应聘,并顺利地通过面试,这家公司的待遇福利都很好,搬家费用全由公司支付。芝加哥是美国中部的第一大都市,比圣路易斯好多了。因为生活开销大,所以工资也相应较高。林楠现在只是打临时工,没有理由不跟常静去芝加哥,好在哪里打工都一样,在没有找到正式工作之前只能是混着过日子。随着常静有了较高的工资收入,家庭结构发生了重大变化,她的家庭地位也逐渐提高。林楠本来就是个大男子主义者,这一来,心态失去了平衡。心情日益沉重,打工之余常借酒浇愁,早出晚归,无颜面对常静。家庭裂痕愈来愈大,逐渐失去了温暖和幸福。常静对丈夫这种不平衡心态、庸庸碌碌、贪杯好酒的德性十分反感,不由得想起了过去许多不愉快的事情,共同生活的基础又塌了一大块。

芝加哥有份世界级的大杂志——《花花公子》,销路很广,读者众多。该杂志内容丰富,艺术水平很高,更吸引人的是,它们在美的欣赏上作出大胆创新。每期都有几幅美丽女郎的裸体照片,紧要的地方会经巧妙的艺术加工,或以侧身回避,或以轻纱缥缈来遮羞,使人想入非非而又不粗俗下流。健美的男女裸体形象,是展现人体美的最高境界,古希腊、古罗马及意大利文艺复兴时期都遗留下来许多珍贵的男女裸体壁画和雕塑,一般在圣洁的大教堂里都有这类雕塑和壁画。

《花花公子》为了扩大销路、增加订户,要在芝加哥增招3位有经验的人体摄影艺术家。林楠喜爱摄影艺术,曾参加过专业培训,并有结业证书。当他看到报纸上的这则广告时,心动了。摄影是自己的爱好,现在又处在失业的困境之中,好坏这也是一份正式工作。他没同常静商量,匆匆放下临时工作跑去应征。学历高又有扎实的物理、计算机基础,加上文学艺术的天赋,林楠顺利地通过了面试。接下来,要他当场拍几张少女裸体照片。林楠虽有如花似玉的妻子,也曾为彭莉照过许多风情万种的照片,但镜头对着一丝不挂的少女,他不知如何去指导安排模特少女的形体姿态,想到妻子的保守思想和刚烈个性,林楠更加手足无措。主考人看他笨手笨脚弄不清楚,二话不说,摆摆手,把他打发走了。考试自然没有成功。

常静知道此事后十分恼火,和他大吵了一架。林楠也很后悔，艺术只是业余爱好，如何也不能忘记了自己是物理和计算机硕士，自己的学业和事业都应该以此为基础。他更不应该的是，既是夫妻，这样大的事却未共同商量。幸亏没有被录用，否则后果不堪设想。

芝加哥都市繁华，人口多、企业多，就业的机会相应也比较多。经过一段时间的努力，林楠终于找到了一个合适的计算机方面的工作，年薪 5 万美元。当林楠庆幸这样一来又可以和常静平起平坐时，却遭到了当头一棒——常静提出了离婚诉讼。虽然有点意外，但林楠无法拒绝。点点滴滴的往事，使林楠深知今日的苦酒是自己酿的，只能由自己咽下。

常静耐心地等到林楠摆脱困境才提出离婚，也算尽到了道义，还清了旧情。正是由于常静的离去，激发了林楠的斗志。他集中精力，做出了卓绝的成绩，很快就取得绿卡，成为美国公民，并逐步融入了社会的中上层。一个偶然的机会林楠又返回了圣路易市斯工作。此时常静已经婚嫁，据说家庭幸福，破镜重圆的希望彻底破灭。当年的彭莉在新泽西和张华结为夫妻，生了一个千金，从此安分守己，恪守妇道。少年苦难的烙印已经消失，这个自负的姑娘也正稳步走向美满人生。

林楠重温旧情的希望也破灭了。

林楠在新的环境下作了一番全面的反省，过去许多错误都是自己造成的，以后怎样做才能走上美满幸福的道路呢？

他的朋友们提了不少意见，有人劝他回国找个合适的对象，原因在于有不少人都受不了美国老婆的骄横和欺骗而分手，后来都回国找到了自己的另一半。林楠的确心动了，他作好了成家的准备，买了一幢价值30万美元的房子。2001年夏天，他回到了上海，在同学的帮助下结识了一位浙江姑娘，经过几次深谈，双方以诚相待，各自表达了心愿，经父母同意后讨论了嫁娶事宜。双方约定好，来年春节即来迎娶。一个新的家庭即将诞生。现在的林楠，再不会为了经济问题而怕生孩子，更不用为失业而担忧。

这个浙江姑娘叫高洁，文雅清秀，比林楠小5岁，是高家的独生女，父母都是文化人，家教严格。林楠最欣赏的就是这样文雅端正有修养的女生。高洁到美国不必为生活和工作担忧，只要做好一个体面的家庭主妇就够了。几经波折的林楠终于有了一个温暖的家庭。留学生都是祖国的精英，但也有各自的苦恼和困难。出洋留学的人光有聪明才智是不够的，还要有勇气，有坚定的目标和接受各种苦难磨炼的意志。林楠的心路历程对后来的留学生们来说应该是非常值得借鉴的。

夫妻定要同心，切莫自毁前程。

异国谋生艰苦，更需体贴温存。

绝望还存希望，复合不可再分。

但求爱的结果,家庭幸福倍增。

再回头说彭莉和胡刚的事,常静自杀未遂事件,在当地留学生中引起很大震动。随后,林楠带着常静转学到伊利诺斯州攻读计算机,避开了是非之地。彭莉自食其果,既失去了林楠又招致许多冷眼,一度陷入苦恼之中。一旁的胡刚也看着心疼。当她爱上林楠时,胡刚曾经反对过、告诫过,甚至恳求过,要她明白林楠是有妻子的人,这样做不现实,也绝不会有好的结果,但彭莉把胡刚的劝诫当作耳边风,认为胡刚妒忌,并请胡刚不要干涉她的私人生活。因为她从来没有答应过胡刚什么要求,也从来没有爱过他。她承认过去接近讨好胡刚,只是借个台阶实现自己的美国梦。

而胡刚深爱着彭莉,甚至在经历过这场教训之后,希望彭莉能收敛轻率和放荡的行为回到自己身边。虽然他也明白彭莉从来没有爱过自己,是他自己一厢情愿想用努力和诚心来改变彭莉。彭莉的处境也的确使他同情,觉得应该拉她一把。最重要的是,他心中还有彭莉,还不甘心自己付出的心血付诸东流。

慎重考虑之后,他征得彭莉的同意,由自己出资在校园附近为二人租了一幢单独公寓,单门独院,环境优美,设备齐全。公寓有上、下两层,还有一个同地面面积一样大的地下室。楼上是两间上等的卧室,下层有客厅、餐厅、厨房等。后面有一个小花园,可以随意种点花卉、蔬菜和瓜果之类的作物。公寓相当不错,但租金贵了点,要 400 多美元一月。为了减轻点负担,胡刚想找个人合租,正好有位新来的留学生姓林,经学生会介绍,愿意和他们合租。胡刚是密大中国留学生的学生会主席,有责任为留学生安排住宿问题,而且他又是一个热心人,双方一拍即合。

新同学叫张涛,北京人。张涛人长得俊逸文雅,风度翩翩。公寓地下室的卧房条件差些,当然不能叫彭莉住;张涛是个讲究生活品味的人,手头也宽裕,也不愿意住地下室。无可奈何,胡刚只得把楼上的两间上房让给了彭莉和张涛,自己搬到地下室去住。

胡刚为人忠厚,却有点马大哈作风,时不时要犯糊涂。平时随口答应别人的事,不一定能做到。借人家的、人家借他的东西更是一笔糊涂账。与他初交的人会有点反感,但日子长了,熟悉他的人都知道他热情厚道,对人一片真心,就对他的一点小糊涂也不计较了,有时反而觉得他有点可爱。

胡刚的小糊涂为他造成了不少困扰。有一次在商场购物,拿了买好的东西,却把皮夹子忘在柜台上,当他发觉赶回商场时,已经被人拿走了。皮夹子里有不少卡片证件,还有 270 美元现钞,这对留学生来说是一笔不小的损失。类似的事情时有发生,开车受罚也不是一两次了。这次在住房安排上,他更犯了一个明显的错误,使自己再次向彭莉示好的努力付诸东流。事情是如此明白，张涛是风流公子哥儿，彭莉是轻佻女郎，隔壁相处，出事是迟早的。

机缘巧合的是，房子刚安排好，胡刚就接到父母打来的电话，说祖父心脏病发不治身亡。祖父对他有养育之恩，而且现在正是暑假，没有理由不回去奔丧。胡刚是一个大孝子，立即买好机便离开了。临走前，他向彭莉略作了交代，还诚心拜托张涛代为照应。

单独公寓里只剩下了彭莉和张涛隔壁相处。孤男寡女，朝暮相对，日子长了产生情爱是不可避免的。张涛不清楚彭莉的往事，彭莉不在乎张涛的过去。两人没过多久就如鱼得水，卿卿我我，日子过得似糖如蜜。可怜胡刚好心相对，却成就了他人的姻缘。

1994年的秋天，世界杯足球赛在美国举行。密大中国留学生中的球迷们，凑钱买了一个专放足球世界杯的频道，因为胡刚的公寓客厅宽敞舒服，大屏幕彩电看起来很清晰，所以很多留学生每天都在客厅里看球赛。看球之余，常常见到张涛和彭莉的恋爱剧，搂搂抱抱早已超出了同学和朋友的界线。大家见多了习惯了也不说什么，即使为胡刚抱不平也只是在心里嘀咕。

真是造化弄人，胡刚在安排房间一事上已经处理不妥，偏偏又在这个时候回国奔丧。等到返回美国，张涛和彭莉早已生米煮成熟饭。彭莉主动把自己和张涛相爱的事告诉了胡刚,并表示非张涛不嫁,祈求胡刚的帮助和祝福。胡刚气昏了,但还能说什么呢?一切都是自己的错,而且从一开始就错了,一错再错,结果落得个竹篮打水一场空。

一次胡刚在厨房里切肉,抬头看到彭莉和张涛在客厅里相依相抱,怒气攻心,一时走神,一刀斩在了自己左手上,顿时鲜血迸流,胡刚失声惊叫。彭莉跑过去为他包扎,并马上送他去医院急诊。幸好没有伤着筋骨,但也缝了5针。张涛觉得这样下去弄不好要出事,而且这样伤害朋友的感情,对自己也难以交代,于是留下该付的房钱和其他费用,悄悄带着彭莉搬到别处去住了。

之后,张涛和彭莉同居了好几年,但没有正式结婚,当然也没有生小孩。双方都留着自由之身,也许是为以后分手方便吧。实际上,他们后来的生活也的确失去了原有的光彩,更多地发现了对方的缺点,分手的迹象逐渐浮现。就在这个时候,张涛的弟弟张华从北大毕业,在哥哥的帮助下,来密大留学攻读博士。为了便于兄弟互相照顾,张华与哥哥和彭莉住在了一起。

彭莉对把兄弟俩作了比较,觉得弟弟更年轻英俊,更有情趣和活力,于是暗中下定决心,要猎取这个新猎物。在这方面,她已经是个有经验的老手,如何进行下去都已经有了周密的计划。

彭莉取得物理学博士学位后,在圣路易斯市找到了工作,胡刚手把手教她的计算机技术此时帮了大忙，工资很高。她经常带张华出去吃喝玩乐，还拿大把大把的钱供他花费。张华也是一个公子哥儿，哪里经得起引诱。开始时，还对与哥哥的爱人交往有点胆怯，怀有负罪感。但时间一长，他发现了哥哥和嫂嫂之间的冷漠，有时哥哥明明看到彭莉缠着自己不放也毫无反应，于是胆子越来越大，最终叔嫂变情人成为公开的秘密。

张涛和彭莉早有默契，各人都是自由之身，分手不存在法律问题。但当张涛发觉彭莉和自己的弟弟走到一起，心里还是十分反感。一是面子上难看，二是为弟弟担心，因为对这种女人动真情是很危险的，早晚会被抛弃。但如何开口对弟弟说呢？弄不好被弟弟误会，反而伤了兄弟情分。所以，张涛只得睁只眼闭只眼，当作没看见。

在美国这不是什么犯法的事，分分合合很普遍。三个人这样住在一起，关系极为尴尬。还是彭莉公开提出和张涛分手，并与张华组织新家。为了弥补旧情，她提出半年的房租由她支付。在彭莉看来，和张涛几年的相处，还是快乐的时间多，现在能有所表示的也只能是经济上的付出了。张涛不在乎几个月的租金，既然彭莉内疚，就让她用钱买安慰吧！

彭莉和张华搬进了新居，仍然没有正式结婚。他们的想法也一样，不愿用法律的形式束缚自己。留得自由之身，进退都有所选择。

世上的事很难预料。彭莉怀孕了,生了第一个孩子以后,张华和彭莉决定正式结婚。张涛应邀参加了婚礼。张涛是位有气度、有见解的人,没有为弟弟和彭莉的事而苦恼,在婚礼上落落大方地为新人祝福。也许女人有了孩子会有所改变,彭莉婚后恪守妇道,夫唱妇随,成为一个受人尊敬的家庭主妇。

看一个人,评价一个人是很难的,其间有许多不可预知的命运和因缘,轻佻的彭莉真的成了高贵的彭莉吗?谁能说得清?千万不要以一事一时看人,人是会变的,有的变好,也有的变坏。人的秉性大都是天生的,教育环境也是因素之一。兢兢业业、一丝不苟的人大都有点固执。在彭莉的事情上,胡刚和张涛感受不同。胡刚自始至终都只是付出,而付出多了当然希望有所收获。张涛则无所谓得失,他有付出也有足够的收获。洒脱的人都有大度随缘的机智,不放过可乐之时,不自找苦恼之事。据说后来张涛在美国生活得很逍遥自在,随时调换工作和女人,只要合意的就干就爱,意尽就散。听说一时高兴,还学过开飞机呢。

胡刚没有张涛那样洒脱。他明明知道彭莉不可能嫁给自己,纵然生活在一起结果也将是以分手告终,就是放不下这颗心、这份情。

彭莉跟张涛的搬离,曾经带给胡刚许多痛苦。但随着时间的流逝,这些绝望和烦恼也逐渐淡逝了。原来的单独公寓太大了,他租了一个月租 200 美元的单间。

圣路易斯城人少房多,房屋出租公司有许多租不出去的空房。为了招徕住客,他们常常采取一些优惠措施,如老住户介绍一家新住户过来,可以拿到 100 美元的介绍费。留学生之间有一个不成文的规定,拿到介绍费,不归介绍人,也不归住房人,而是约几个好朋友出去吃一顿,多数是到中国餐馆喝早茶或是吃自助餐,这也是穷学生的一件乐事,其中饱含着同胞的友情和深情。

1994 年是胡刚倒霉的一年,暑假期间祖父逝世,接着彭莉离他而去,到了年终,又先后出了两次车祸,真所谓祸不单行。在当地第一场大雪后的一个傍晚,胡刚忙着赶赴朋友的生日派对,一个不当心,车子从结冰的路边滑下去,撞上了一棵大树,跌到两米深的沟底。胡刚还好只是碰破了皮,没有伤到筋骨,但车子还不能用了。这辆车本来就是二手的,现在彻底毁了。美国的保险业很发达,有车的人大多都有保险,只是等级不同罢了。经交通警察和律师的调停,胡刚拿到了 3000 美元的赔偿金。在美国生活,不能一日无车,胡刚只得再去车行买了部较好的二手车。日本本田,七成新,花了 5000 美元。好车到手自然开心,不幸的是这辆心爱的车开了没多久,又出事了。

圣路易斯市地面不平,坡度大的路不少。美国交通规定,小路入大路,在丁字路口,如果没有红绿灯标志,一般在路口都有一块醒目的停车牌子"STOP"。任何车辆都要在路口停留片刻，哪怕大路上没有车辆来往也要稍停，否则被警察看到就是违规，是要罚款的。圣诞节前几天，胡刚开车经过一条坡度较大的小路。他刚刚在路口停好车，后面就有部旧车子从高坡上直冲下来，不知是刹车失灵还是驾驶员没有踩刹车，猛地一下撞上了胡刚的车尾。事出突然，胡刚根本来不及反应，被震得几乎昏过去。两部车子都撞坏了。胡刚回过神来，活动一下手脚，好像伤得不重。他气坏了，伸手去拉车门，但门坏了，他费了好大的劲才爬出来。一辆好车又完了！看看后面的驾车人也刚从车子里爬出来，看来也没有大碍。胡刚一看对方是一个黑人小伙子，心凉了半截，意识到自己倒霉大了。大家都说黑小子穷又不讲理，急起来什么事都做得出来，警察都拿他们没办法。

不久，警车来了，警察进行了正规测量检查，观察观察车子，看看人。车子全坏了，两个年轻人都只是受了点皮肉伤，看起来没有大碍。警察当场作了调查询问，黑小子违规撞车事实明显，他自己也供认不讳。警察收了他的驾驶执照，开了罚单，用电话呼来拖车，先把两辆坏车拖走了。

肇事者要受处罚，这是肯定的。警察见胡刚是个外国留学生有点同情。他征求了胡刚的意见，说明赔偿的事可以找自己的保险公司，如果要对黑人起诉，他可以作证，并写了自己的姓名、地址和电话号码。

打官司要请律师帮助,胡刚暗暗叫苦,这场官司如何打?

那个黑小子看起来就是个小混混,穷得什么都没有,说不定这部车子也不是他自己的,更不要说保险了。看他年纪还轻,胡刚向他要了个家庭电话号码找他父母商量。接电话的是他父亲,听到儿子在外面闯祸了,他气得直咬牙,干脆地回答胡刚:儿子十九岁了,已到法定年龄,他所做的事、所犯的法一概与自己无关,要关要罚由法院判决。他建议胡刚向法院起诉,他对这个儿子完全失望了,希望政府来教育。

美国的律师事务所很多,胡刚就近选了一个,把事情的经过详细地告诉了接待的律师,并说明警察和他父母都支持他起诉。律师听了,沉默了片刻,摇摇头对胡刚说:"这个官司你不能打。要打我可以保证你会赢,但赢了又能怎样呢,被告不过被判拘留几天,可你什么都得不到,更何况那个黑人地区谁也惹不起,警察都对他们头痛。"

律师接着换了个话题,开始了解有关胡刚汽车保险和医疗的情况。美国的保险业很全面,很发达。全民保险集中大家的财产来援助受灾害的人,解决个人的困难。汽车保险就有几个等级,有全保,无论是意外事故还是自然灾害,发生车祸了,不管是撞人或被撞都可以得到全额赔偿,所以保险费用也比较高;另外还有半保,即只保你撞人,不保人撞你,因为被撞一般都是由对方公司赔偿的。在全保和半保之间还有些条件上的不同。胡刚知道自己有时可能大意,所以汽车保险买得较好些,在全保和半保之间,医疗保险是学校集体买的。

律师查看了胡刚的多项保险资料,了解了具体情况,提出了自己的看法和措施。这是一位富有同情心的律师,他对胡刚的经济处境表示同情,认为能争取到保险公司高一点的赔偿才是上策。胡刚经他这么一说也醒悟过来了。律师启发性地问胡刚:"经过如此猛烈的撞车,你怎么可能会没有伤呢?你现在仔细感觉一下,颈椎痛不痛,头晕不晕?"胡刚转转头颈,是隐隐有点疼痛,头也有点晕乎乎的。律师说:"这就对了,身体健康要紧,留下什么后遗症吃苦的是自己。你们留学生目前经济也不会宽裕,我帮你争取多一点的赔偿,意气之争就不必了吧。"

律师写了个条子,要胡刚拿去到指定医院进行检查,预约医生接待并看了律师的条子后,为胡刚作了仔细的检查,还拍了几张 X 光透视照片。指着 X 光片对胡刚解释道:"你的颈椎部位受了点撞伤,感觉到头晕,说明脑子受了振荡。"当场为他戴上了一个颈部保健圈,开了药和治疗证明,需要休息几天,过几天再来复查。他要胡刚把医疗证明交律师处理,向保险公司索赔的事都由律师负责。

过了几天,律师来通知说一切顺利。他为胡刚争取到 9000 多美元的赔偿,其中 5000 美元是汽车保险,4000 多美元是医疗赔偿,律师提取他应得的服务费,胡刚净得 7000 美元。受了一点惊吓和皮肉之苦,总算得到了经济上的补偿。胡刚接受了这次教训,决定买辆新车,安全系数高一点,同时,他也理解了美国律师行业的社会贡献。

律师在美国是一个有地位而且赚钱的行业。美国的法制健全,法律条文复杂,为了维护法律公正,避免发生错案和错判,法律专家,即律师是必需的。美国许多名牌大学都有法律系。哈佛、耶鲁等大学的法律系更是人才辈出、影响深远。美国的许多政治人物都是学法律的。

律师是法律的保卫者,人民利益的辩护人。但也有些律师为了赚钱,昧着良心钻法律空子,为坏人、黑手党等社会渣滓辩护,颠倒黑白,使受害者遭受不白之冤。当然,坏律师只是极少数的,而且律师并不是法官,最终还是要法官定案,不服判决者还可以上诉再审,中级法庭不行,还有高级,所以造成冤案的情况是不多的。但另一方面,这也说明了再完善的法律也有空子可钻。只有道德教育和高尚思想,才是维护社会安定、促使正气提升的有效方法。

中国历代老百姓都怕打官司。官司缠身,无论胜败都要破财,凡事能不见官最好。在美国打官司很普遍,凡事都请法律说话。请律师如同做生意一样,他为你据理力争打赢官司,是他的份内之事,用不着送礼走后门,因为赢得了官司,你得到回报的同时,他也得到应得的一份,并且还提高了自己的知名度。

胡刚取得密大物理博士学位后,为了提高专业水准,为争取当教授作准备,他选择了留校做博士后。"博士后"算是高层次的半工半读,主要工作是为老板的研究项目做实验和整理资料。胡刚精通计算机,工作起来很有效率。老板给了他每年 3 万美元的津贴,他没有家室负担,生活也很朴实,经济上算是宽裕了。

胡刚从小受祖父传统的道德教育,为人和善诚信,有朋友缘,但在与女性的沟通中缺少情趣,导致了两次恋爱都以失败告终。苦闷之余,他客观地进行了自我检查。他开始认识到,以美貌和激情求偶不是正确的选择,适合他的对象应该是勤俭持家的朴实女子。这时的胡刚已经 30 出头,非常渴望有个温暖的家以及几个可爱的宝宝。

1997 年,在密大的春节庆祝会上,他认识了来自华盛顿大学的中国河南女留学生魏玉琴。玉琴长得端庄文雅,虽然说不上美艳动人,但一见面就让人有种舒服亲切的感觉。两人第一次见面就谈得很投机,好的开始是成功的一半,经过一段时间的交往和深谈,胡刚了解到,原来玉琴也有过一段不称心的婚姻。各人都有自己的伤心事,由同情而滋生爱情是再正常不过的了。

魏玉琴在国内嫁过人,而且生过一个女儿。由于夫妻在个性、爱好和生活习惯各方面差距过大,分手已经 3 年了。玉琴出国以后,曾经鼓励丈夫争取出国相聚,但出于自卑和往日的各种矛盾被断然拒绝了。玉琴为了自己的幸福和前途通过法律手续解除了婚约，认识胡刚以后，她觉得胡刚就是自己要找的男人。

在留学浪潮中，因为产生了所谓"留守妻子"和"留守丈夫"的问题。因夫妻不能同时出国，必有一位在国内留守，等待机会出国相聚。妻子留守，如果家庭和睦美满，先出国留学的丈夫千方百计也要接妻子出国相聚，而且为妻子办理伴读签证比较容易。再说留学生在国外找对象并不容易，而停妻再娶是犯法的。当然，也会有一些例外。在纽约听说有位干部子弟姓刘，在国内已有未婚妻。出国留学前同未婚妻有约，不出两年一定接她出来。但事与愿违，小刘出国后生了一场大病，卧床不起，差点丢了性命。期间，全靠一位姑娘的细心照料才脱离困境，重新振作起来。小刘是个有情义的人，命都是姑娘救的，这一辈子都应该为她尽力，于是两人结为了夫妻。为了对原来的未婚妻有个交代，小刘信守诺言，把她接了出来，当面道歉，说明了原委，并保证承担她的一切费用，包括学费、生活费，直到她取得硕士学位，找到工作可以自立，或找到意中人为止。小刘的有情有义的处事态度在留学生中广泛流传。相比之下"留守丈夫"面临的困难会多些。一方面，女人单身在国外闯荡，压力很大，常常免不了向身边的男性朋友寻求帮助。如果丈夫长期出不来，为了生存和前途，女性往往只得先顾眼前，放下旧情，另找知己新欢。也有的"留守丈夫"有大男子主义思想，认为妻了出国就等于分手，玉琴的前夫就是这一类人。

魏玉琴比胡刚大两岁,而且和前夫有一个 10 岁的女儿。因为怕女儿在国内没人照顾,她正在办理探亲签证,打算接女儿来美国同住。因此,胡刚在征求父母对于结婚的意见时遭到了反对,觉得儿子娶这样的妻子太受委屈了,要胡刚慎重考虑,尤其是多了一个不是己出的 10 岁女儿,以后矛盾一定不少。但胡刚已经投入情网,觉得玉琴温柔端庄,一定会为他带来幸福,于是据理力争。人在国外,父母也没什么办法,最终只得同意并为他们祝福了。

胡刚决定结婚了。博士后的收入不足以维持三口之家的生活,于是他在当地一个大公司求得了职位,年薪 6 万美元,保险福利都很优越。圣路易斯市的房价比较便宜,为了结婚,胡刚花了 20 万美元用 15 年分期付款的方式买了一套四室三厅两卫的漂亮洋房。胡刚和玉琴在婚姻上都有过遗憾,为了能有个幸福的开始,他们在当地有名的中国餐馆"香满楼"举行了婚宴。

两人的婚后生活非常美满,玉琴博士毕业后,暂时未找工作,因为胡刚期待早点生几个孩子。真是心想事成,没过多久,玉琴怀孕了。胡刚乐坏了,真正尝到了要做父亲的快乐和幸福。

可是自己的孩子还没有养出来,玉琴的女儿娟娟已经 12 岁,通过签证来美了。娟娟长得聪明伶俐,但由于缺乏母爱和管教,养成了一副刁钻任性的脾气。由于在自己父亲身边长大,一下子不习惯有个后爸,初来时常常跟胡刚闹别扭,说些尖酸刻薄的话,让胡刚感到十分尴尬。好长一段时间,她对胡刚都没有相应的称呼,平时对人提到胡刚都叫他"那个男人",只有在母亲严厉威胁下才勉强叫声爸爸。娟娟很聪明,很快就学会了英语,适应了美国的生活方式。胡刚并没有因为孩子的无理而疏远她,相反对她很好,为她提供了良好的生活和学习条件,将她视同己出。日子长了,彼此的隔阂渐渐消除。玉琴也常常提醒女儿,再和后爸过不去,就休想留在美国,回去跟老爸过日子! 这一招很灵,娟娟从此老实多了,"爸爸"也叫得很亲热。

这年秋天,玉琴生了个女孩,白白胖胖、健康活泼。胡刚喜欢孩子,男女都一样,做爸爸的感觉让他幸福又快乐,就为女儿取了个好听的名字叫"佳逸",意思是要妻子再生个男孩,"佳逸"谓再加一个也。这比中国传统的什么"招娣"、"令娣"等要风雅得多。

胡刚的母亲是个医生,她不知从哪里得知,玉琴的妈妈因精神病而早逝。精神病的遗传概率非常高,作为一个医生尤为敏感。她特地到开封市向她的亲朋好友作过了解,当然包括玉琴的前夫,证实确有此事。她把了解到的情况通过电话告诉了胡刚,使得安宁温馨的家庭生活,陡然掀起了风波。胡刚见多识广,当然知道这种疾病的遗传概率,也大为吃惊。不过目前能够做的也只能是仔细观察，不能让玉琴知道此事而受刺激。

回顾一下几年来相处的情况，玉琴的表现基本上是正常的，只是有时显得有点忧郁，有时显得特别紧张，但一个女人独自在家，这种表现亦属正常。中国人患花粉过敏的非常多，厉害的时候眼泪鼻涕不断，容易掩盖其他毛病。人都是这样，心中起了怀疑，疑心病就会越来越重，越看越像那么回事儿。胡刚担心也许以上表现就是精神病的初期征兆，心中十分惶恐。

胡刚是位有善心的谦谦君子，曾经在爱情上饱受痛苦，是玉琴给了他真正的关爱和感情，使他得到许多温馨和快乐。如果玉琴真出了事，他的家庭和幸福也就完了。他相信情况没有那样严重，也许根本就没有什么事，纵然有点轻微的症状，但现在医学发达，也会有治疗和控制的办法的。而且从孩子的健康状况来看，一切也都正常，大女儿很聪明，健康、活泼、可爱。胡刚希望母亲的话只是虚惊而已。不过，胡刚家庭的上空，从此笼罩了一片乌云。

为了不让玉琴知道这件事，以免引起恐慌和造成伤害，也为了家庭的安宁和温馨，胡刚把烦恼和恐惧隐藏了起来。同时他告诫自己，为了下一代的健康，以防万一，孩子不能再生了。虽然有点遗憾，但也是不得已的事。不再生孩子无需编造什么理由，在美国不要孩子的家庭很多。玉琴已有两个孩子,够累的了,不再生孩子正是照顾、爱护她的表现,也是她求之不得的事。

胡刚知道母亲本来就不同意他和玉琴的婚姻,现在又多了一条理由。虽然自己身在国外可以做主,但他害怕母亲会制造舆论。圣路易斯的同学有几个同他母亲熟悉,他担心传起话来添油加醋,后果不堪设想。考虑再三之后,胡刚觉得还是换个环境好,走得远点更安全。同玉琴商量时,他说是老板难以相处,与其被炒鱿鱼还不如早点自己走。在国外学习,尤其是工作,如果与老板合不来是非常痛苦而且危险的。玉琴全心爱着胡刚,对他所做的一切都全力支持。没过多久,胡刚在西北部华盛顿州的一所大学里取得了一个职位,工资虽然没有原来的高,但足够生活了,而且在学校工作,又向他当教授的愿望迈近了一步。全家一起搬到了另一个地方。

胡刚的选择是正确的。在新的环境里,胡刚远离了烦恼和不安,心境平静,工作十分突出,各项研究都出了好成果,为校方所倚重。玉琴也一切正常,并且在附近找到了一个工作,精神状态一直都很好。两个孩子都很听话,家庭和睦温馨。华盛顿州地处美国西北部,冬天很冷,但学校、家庭乃至商店、娱乐场所等都有中央空调,冷热影响不大。几年下来,全家都爱上了这个有点冷的地方。因为这里安宁,能出成绩,使人心境平和、身体健康。经过仔细观察,胡刚相信玉琴是健康的,到了这个年纪不发病,应该不会有病了。传闻有时会伤害人,但胡刚凭着善良、自信和聪明挽救了这个家,同时也挽救了自己的前途并赢得了幸福。

中美风情不同,君子难免受穷。

婚姻原是天定,风流随水往东。

恋爱接连失败,知足终得成功。

好事总有波折,善良互助从容。

鬼屋春秋

　　初来乍到的留学生们手头难免拮据，而美国昂贵的房租对他们来说，的确是一笔不小的负担。如果有一个地方，能够容他们落脚，又能为他们提供各种周到的服务，而且费用也不高的话，那就是鬼屋……

　　这里所说的鬼屋，并不是指经常闹鬼的屋子，也不是指住进去会生病甚至会死人的凶宅，只是因为这幢房子破旧阴沉，夏天没有空调，冬天没有暖气，而且蟑螂蚂蚁横行，另外还有鼠患肆虐，加上走起路来咯吱咯吱响的地板和患病老人微弱的咳嗽声。在美国，这样的房子是不适合住人的，因此留学生们都管它叫"鬼屋"。

　　鬼屋坐落在圣路易斯市百慕大地区，离密苏里大学不远，步行也只要一刻钟，因此特别适合没有汽车的穷留学生们居住。鬼屋的主人叫卢恰，又老又病，孤身一人，大家都叫他老卢恰先生。老卢恰和许多美国人一样对人和蔼可亲，心地善良。因为年老多病，活得很辛苦，所以也特别关怀和体谅别人的困难，虽然贫穷却乐于助人。他从不说教，却常为大家祷告，希望上帝能保佑和宽恕处于贫困苦难中的人们。

　　老卢恰靠救济金生活，却有一座老旧的大房子，共有五室两厅。不知从什么时候开始，他把底楼多余的3间房子出租给中国的留学生住，逐渐和他们结下了深厚的友谊。在他的晚年生活中，分享了中国留学生的苦与乐、悲与欢。

　　老卢恰知道自己房子的确很差,设备又不全,所以收费很低,每间房子只收 100 美元。新来的中国留学生经济条件比较差,若租金一时付不起,拖欠几个月也可商量。生活上缺少什么日用东西,凡是老卢恰有的,他都会借给他们使用。

　　多年来,鬼屋住过许多中国留学生,等到他们学业有成,找到了合适的工作和更好的住处,就把房间让给新来的留学生。鬼屋是部分中国留学生在美国艰苦奋斗的见证,是他们走向成功的起点。老天要造就人才,必先劳其筋骨,苦其心志,使他们在磨炼中成长。

　　在年复一年的风风雨雨中,卢恰更老了,病痛更多了,终于带着善良和纯洁的灵魂去见上帝了。卢恰没有子女,临终前他把房子献给了国家,从此鬼屋也走进了历史,只成为知情者的回忆。凡是知道鬼屋的人,对老卢恰的死都感到很伤心。谁也忘不了他那衰老而慈善的面容,他将永远活在中国留学生的心中。

　　写鬼屋的故事,并不是要人们知道那阴暗破旧的房子,也不是为善良的卢恰立传,只是记录一些曾住过鬼屋的穷留学生们的艰苦历程。

坚韧的"老班长"

早期留学生来美,除了部分是公款资助外,大多是自费来的,而自费中又分完全自费和有助学金的两类。没有人推荐,没有取得助学金是很难通过签证的,除非你是很有钱的富家子女,或者是官宦子弟。公子哥儿和大小姐吃不起苦,定不下心,满脑子花花世界,难有成就。穷人家的子女多是借钱出国,经济压力大,不得不吃苦耐劳,拼搏奋斗,以期学到真本领,闯出成功之路。

金刚钻是在高温高压下形成的,留学生也是如此。

圣路易斯地区的大学,大都够不上美国的名牌大学,因此很少有中国政府公派的留学生,豪门之后也不多,因为他们多数喜欢在东西海岸的大都会混日子。这里的留学生大多数是改革开放之后,凭自己的勤奋聪明和卓越的学习成绩取得奖学金而来的,其中,受国外学长推荐取得助学金的人也不少。

现在的留学生，比之早期来美孤身奋斗的师兄师姐们幸运得多。因为现在一般有中国留学生的大学，都会有中国人的学生会，他们会热情为你安排住宿、注册和解决生活问题。以密大为例，按照留学生的经济情况，学生会会提供相应的帮助。对新生来说，房租是大头。鬼屋最适合贫困的新生，房租便宜，离学校又近，且同屋都是中国人，可以相互照应。

1993年夏天，一对来自浙江杭州的夫妻，经学生会介绍住进了鬼屋。丈夫王海波是工人子弟，家境清贫，因得到学长的推荐，来美留学。妻子吴燕是浙江大学的毕业生，以伴读身份共同来美。王海波是个大好人，古道热肠、乐于助人。在国内上大学时，他曾做过学生会主席，当过义务辅导员，同学们都叫他"老班长"。现在到了美国，同学们都觉得这个雅号很亲切，就流传开了。"老班长"就成了王海波的代名词。

"老班长"优点不少，但缺点也有。他有很多不合美国时宜的习惯和想法，如爱管闲事，沉不住气，喜欢做些吃力不讨好的事，而管的事多了，就学不好功课。他还有个臭脾气，不管事情大小，都要上纲上线，先分析原因，再追究责任，而且总是本能地抢在前头，结果往往把小事搞大而且搞砸。

1994年暑假，密大中国学生会组织了一次三日游，旅游目的地是奥沙克湖。这个湖风光秀美，水面方圆数十里，湖水幽深，湖中间还有好几座青翠秀丽的小岛，像玉盘中撒了几颗翡翠，是美国中部地区有名的风景胜地。当时密大中国学生会主席是胡刚,他热情大度,博学多才,能为大家着想,很受同学们爱戴。他发起这次"三日游",也是为没有回家探亲的同学们制造一些温馨的氛围,缓解一下生活和学习的压力。身在异国,同学们都难免会有一种莫名的孤寂之感。为此,胡刚向校方申请了少许经费,但只够往返的车费,其他费用诸如住店、租船以及膳食等都需要参加者自付。就算这样,报名参加的也有30多人。那些打工挣钱的人也都放下了手头的工作,准备痛痛快快地过个集体暑假。

王海波喜欢管闲事,自告奋勇地包揽了许多杂务,当起后勤。胡刚不拘小节,做事有些马大哈,但他有自知之明,所以有关钱财的事都要找人帮忙,王海波的热心正帮了他大忙。王海波奔忙得有些过头,虽然有些喧宾夺主,但胡刚不仅不介意,还真心感谢王海波。

游湖必须租船,有钱的同学三五个人自己租个小船逍遥自在,囊中羞涩者15人租个大游艇也很舒服。租大船的都跟王海波走,使用的是他的学生证和信用卡。租船有规定,因为关乎人生安全问题,要负法律责任。

游艇出埠,王海波为了减轻同学们的负担,轻视规章,偷偷地靠岸加上5个同学,一船坐了20人,超载四分之一。有人担心受罚,但"老班长"拍胸口说这湖那么大,谁看得那么清楚。想不到船埠上有先进的监视系统,对湖面的一切都了如指掌。他们上湖不到　刻钟就被发现了,一艘人快艇飞速追来逮个正着。先把船截回船埠，经过查问，知道都是中国留学生，经济肯定不富裕，就训斥一顿从轻发落，罚款 150 美元。大家游湖不成还被罚款，倒霉透顶了。主意是王海波出的，押的也是他的信用卡和学生证。同学们一个个都走了，王海波急出一身大汗，说什么也没用。水上安全属于警察系统管理，说是已经从轻发落，再闹也是自讨苦吃。

同学们心中明白，王海波的用意是好的，要为大家省点钱，但他不了解美国的规则，凡事都按法律规定办，非常严格。胡刚为人善良豁达，不但没有批评王海波，还安慰并帮助他，把责任揽到自己身上，主动承担了一半赔款，最倒霉的当然还是王海波自己，赔了钱，还招来同学们的埋怨和轻视。这种爱出风头的脾气和轻率的举动，使他日后的留学生涯比别人艰苦困难了很多。人总是在磨炼和改过中走向成功的，王海波的坚强和努力为有缺点的留学生们提供了借鉴。

王海波有许多沉痛的教训，难得的是他能接受教训并认真改过。还有一次，他和几位新同学在市区开车，有点超速，一不小心被交通警察拦住了。这本来不是什么大不了的事，给警察个面子，认个错，说几句好话，也许就没事了。警察也有可能只是给你个口头警告，只要保证下次不犯，很少会与你过不去。可是"老班长"抢在前头，又是说原因，又是推责任，声大喉粗，口齿不清。警察见他气势汹汹，被激怒了，当场开了一张 150 美元的罚单，并作了违规记录。

美国交通发达,差不多每人都有车。尽管有良好的交通设施和严格的交通规则,但每年仍有许多人因车祸而残废和死亡。交通违规事件层出不穷,除了重大事故和酒后开车要负刑事责任外,一般违规交警都可当场处理。当罚单开出后,你只有两个选择,一是接受罚单,按规定交付罚金,二是不服拒付罚金,那就要上法庭,在美国打这类官司算不了什么。可话说回来,错了就得认错,警察执法也是为大家好。上法庭还有一个好处,如果当时的交警因公务太忙,或者贵人多忘事,那你就可以幸免受罚,算是警察放弃诉讼,因为这本来就不是什么大事。

150美元对穷留学生来说是笔巨款,"老班长"被迫选择上了法庭。开庭那天,"老班长"和几位同学,还约了几位"过来人"助阵。所谓法庭只是警察分局旁边的一个简陋的大厅,显然这是专为处理一般交通事故和生活上一些鸡毛蒜皮的小事而设的。

进去一看,黑压压地坐满了人,看来要审的案子还真不少,审理进行得很快。到了约定时间,法官例行公事,询问了"老班长"的姓名、地址和职业,知道是穷学生,态度温和了不少。"老班长"又说了些不着边际的话,被法官打断了。这时,他发现,控告他们的警察正从旁边的小房间里走出来,原来这位交通警察早已在此等候,看起来还是法院的熟人。大家感觉这场官司输定了。法官向警察招招手,警察上去熟练地举手发誓,等候法官询问。法官问了事故的经过,又问他处理的理由和根据。理由是被告对自己违规超速的错误行为毫无意识,如果不罚款警告,必会重犯,并可能会有更严重的后果。最后法官问警察:"你干交通警察多久了?"警察回答:"9年了。"再问:"9年中你处理类似的案件中有过几次错误的记录?"警察毫不犹豫地回答:"一次也没有。"法官转向"老班长"说:"你们的案子结了,罚款是合理的,也是为了你们好。这位警察是诚实的人,他的处理是正确合理的。请以此为戒,以后开车一定要遵守交通规则。念你们是初犯,又是学生,罚金改为100美元,请准备付钱吧!"

法院既已判定,最好是乖乖照办,再纠缠不休,绝不会有好果子吃,大家灰溜溜地退出了法庭,一路上谁也没开口,心里都在埋怨"老班长"。虽然减少了50美元,但100美元对穷学生来说也是个大数目,谁也不愿意摊钱,结果还是"老班长"倒霉,罚了钱还被大家看不起。类似的事情发生了几次后,王海波就被许多人看做成事不足败事有余的人。美国是个强人社会,权贵不必说,凡是事事办得成、样样吃得开的人就有人吹捧,因为在吹捧中他也能捞到好处,抬高了身价,所以帮强不帮弱是普遍现象。中国传统道理教人要同情弱者在这里是行不通的。

"老班长"虽然大事办不好,小事可少他不得。例如学生会跑腿的事情,谁家开派对,哪个搬家,要找帮手都会想到他,采摘东西、配菜、剖鱼什么的，他都是能手。据说他小时候家里穷，常帮家人在小菜场摆摊头，卖葱姜，常为顾客杀鸡鸭，刮鱼鳞，现在手艺还在，用来帮人，给大家提供了许多方便。

王海波的适应能力和生活能力都很强。虽然经济不宽裕，但他常常可以用小钱吃到好东西。外国人吃鱼不要头尾，在农贸市场一美元可以买到许多头尾，加点粉皮豆腐，多放葱、姜、黄酒，一烧一大锅，几个人几天都吃不完。青鱼头尾在中国南方可是好菜。同学们馋了，经常请他帮忙弄点鱼尾开开荤。在美国副食品商店里，每天都有活鱼卖，价钱也不高，两美元可以买一磅。晚点去，半死不活的剩鱼卖得更便宜。海波为了省钱，专买这种鱼。当然，这对烹调技术要求很高，因为万一吃坏肚子，医生是看不起的。

外国人东西坏了不会去修理，因为人工贵，修理不合算，而且修理店铺也难找。因此在有钱人的垃圾里可找到许多可用的东西，如席梦思床垫、旧衣服、电器及旧桌椅等。有些好心的人，把旧衣服洗干净烫干了还装好袋待人领取。许多新来的学生因此省了不少钱。

圣路易斯市的植物园在美国中部小有名气，规模宏大，建筑典雅。植物园中的植物品种繁多，由于设备先进、面积宽广，还有许多稀有花卉和热带植物，称得上是一座巨大的植物标本库。不仅如此，植物园所储存陈列的植物和资料也多是美国首选，因此常有世界各国植物界代表团前来参观取经。

　　圣路易斯市的植物园门票 5 美元一张,每周六上午,对持有本市居民证的人免费开放。这也是该市居民的一大福利。这一天,游园内的人熙熙攘攘像过节一样,入口处有一处出售植物的地方,赏花之余,看到满意的还可以买几盆回家。

　　植物园的东北角,有一座旅美日侨兴建的园中园,大家都叫它"日本园"。环境优美,颇具日本风格,园中有湖,湖里有岛,岛上亭台印水,取名为"梅风亭"。冬春之交,红梅吐艳,腊梅飘香,是踏雪寻梅的好去处。小岛有木桥跨水与湖岸相连,近岸处,桥成九曲,妙趣横生。湖很大,有条小路可以绕湖一周,风光秀丽。路上情趣多异,一段路边种的全是中国牡丹,暮春时节,五彩缤纷,招蜂引蝶;另一段路边全是碎石花坛,松柏青翠,五针松的青翠和白石相映生辉。大湖有条支流,环湖小路有桥相连,桥下左右放养了许多大锦鲤,桥上有饲料供应,只要支付 25 美分,即可得到小把粒状饲料。倚栏抛洒,可引来无数锦鲤,鱼头攒动,彩浪翻腾,非常壮观。孩子们是不会放过这样的娱乐机会的。路边丛林间,点缀着一些日本式的石塔和石碑。有些石碑上还有名有姓。姓名无从考证,也只是增添点日本特色而已。"日本园"建成后,圣路易斯市植物园因"日本园"的幽雅秀丽而增色不少。"日本园"也借此宝地而生辉,东西合璧,相得益彰。

　　1994 年,中国南京市和美国圣路易斯市结为姐妹城市。当地侨联同南京市政府,向圣路易斯市政府申请仿照"日本园"模式在植物园中增添一个有中国园林特色的"友宁园",取友好安宁之意,又暗合南京(宁)名字。因为"日本园"有例在先,而且扩大植物园的建设和风光也是美事一桩,圣路易斯市当局很快就批准了。当年秋天,南京市派来了一支工程队,建设资金由南京市政府和当地华侨共同筹资,之后又陆续运来了许多中国花卉。

"友宁园"地处植物园的中心,占地四五亩。虽不及"日本园"的宽大清幽,也充分体现了中国苏杭的园林特色。"友宁园"四周有波浪式的砖瓦围墙,园中心建了一座颇为气派的八角牡丹亭,周边广种上品牡丹,还从外湖引入一条小河,沿岸布置了不止一处的玲珑太湖石。小河上有两座雕刻精巧的石桥,园中绿树清幽,月洞小径曲折。在美国有此典雅的东方佳境,实属难得。海外游子徘徊其间,常常勾起他们对祖国的思念。

1995年春天,工程基本完成,等待端午节举行落成典礼。"友宁园"所处地理环境非常好,四边都是植物园的景观热点。北面是宏伟的展览大厅,西面接连"日本园",东南有蔷薇园、茶花馆、荷花池等,池中大玉莲,叶子直径有一米多宽,令人叹为观止。北边是一个建设群办公室、看书馆以及著名的标本、资料库。几座热带植物暖房和小展览馆排列在西南角,可以说是植物园精华荟萃之地。

"友宁园"的建造,浸透了侨胞学子的汁水。王海波就是其中突出的一位。王海波家世代贫穷,深受新中国的恩惠,饮水思源,在国外能为祖国增光的事,哪有不尽力的道理。他经常来工地做义工,还以学生会的名义号召其他留学生为祖国作贡献。

"友宁园"在 1995 年的端午节正式落成了,当天举行了隆重的落成典礼。芝加哥中国领事馆派人到会致辞,当地市府官员、各地旅美侨胞都有代表前来祝贺,留学生来得最多。

植物园里热闹非凡,不仅有狮子舞和各种中国传统乐器的演奏,还有歌唱表演。大门入口左侧一片草坪上,临时搭设了许多摊位,著名的中国餐馆在这里,供应糕点、各类包子、炒面以及盒饭等,物美价廉,气氛热烈。有一个中餐馆甚至做了许多粽子来应景,引得人们排队抢购,更增添了节日的气氛。中国人能在美国度过一个如此热闹而有意义的端午节实属难得,因此凡是圣路易斯市地区的中国人,不论远近都扶老携幼来凑热闹。

典礼最初的筹备工作到典礼当日布置会场、准备茶点、接待各地来宾,王海波跑前跑后,付出体力不说,还经常自掏腰包招待客人。

王海波热心公益,不是他想要拍马屁或得到什么好处,只是推己及人,念及大家身在异国的孤寂和困难,能为同胞多做点他认为力所能及的事。

"友宁园"落成后,每年的端午节都有庆祝活动举行,久而久之成为了圣路易斯地区的盛大节日。每次庆祝,都有王海波的辛勤和汗水。他的义工精神广为人知,也激发了人们的爱国热情。端午期间,牡丹已经凋谢,大多春花也都落去。为了装点景色,有人每年都把培养多年的名贵大米兰搬来亭中,供大家欣赏。米兰花香随风四溢,半个花园都能闻其清香。"友宁园"和"牡丹亭"的匾额都是刘海粟老先生的墨宝,它们更为庭院平添了不少光彩。

王海波很穷,而且由于把许多时间和金钱都花在社交中,导致其学习成绩有点落后,生活也非常拮据。好在他有一个非常美满的家庭,妻子吴燕十分勤劳贤惠。随丈夫来美国后,吴燕放弃了个人的爱好和享受,为了使丈夫专心读书,自愿每天出去打工,陪他住鬼屋。吴燕也是个大学生,托福考过高分,在美国语言毫无障碍,以她的聪明勤俭,自己去做一番事业,前途肯定是一片光明的。可是她始终以丈夫的痛苦为痛苦,以丈夫的快乐为快乐,相信丈夫所做的一切都是对的。

在美国,取得绿卡之前,每个人都需要一些身份证明,如学生证、驾驶证、打工卡以及临时身份证等,包括银行存款。留学生只有持有打工卡,才能自由地打工,无卡打工是打黑工,是偷渡和非法居留者不得已而为之的。有些贪心的餐馆老板,喜欢雇用黑工,因为打黑工的人即使吃了亏也不敢伸张,因为怕被发现遣送回国,所以黑心的餐馆老板经常少给工钱。不过,老板用黑工也有一定风险,如被工商部门或移民局查获,罚款也很厉害。中国人很齐心,你有政策,我有对策。来人检查时,打黑工的拿起身边早放好的买菜篮冒充顾客,一般都能蒙骗过去。

为了这个家,几年来吴燕付出了很多。王海波非常清楚,也非常感激。他希望自己能早日取得博士学位,找个好工作,让太太过上安静而幸福的生活。恰在此时,吴燕有了身孕,越来越喜欢吃酸的且经常呕吐。到医院诊断后,的确是怀上孩子了。生孩子是夫妻俩共同的愿望,可是孩子这个时候来,早了一点。吴燕又欢喜又担心。欢喜的是有了爱的结晶,孩子将会为家庭带来幸福和温暖;担心的是产期前后将无法打工,有了孩子必然会增加家庭负担,丈夫要专心读书,还有许多忙不完的事,王海波不是一个绝顶聪明的人,即使不分心也要付出比别人多的精力。吴燕左右为难,想过回国生孩子,但只有在美国生的孩子才能落地生根,自然成为美国公民,就是以后因故离开美国,随父母在别国生活,到了 16 岁,也可以申请回美国定居。这是美国法律规定的,再说要她离开王海波,哪怕几个月也不放心。王海波是个勤劳而坚强的人,在他看来没有克服不了的困难。妻子不能打工,他可以打工,对学习有点影响是暂时的。困难总是有的,也总要过去的! 夫妻俩应该可以共渡难关。

留学生中有条不成文的规定,在母亲怀孕 8 个月的时候,要在家里开一个产前“派对”,预祝母子平安,家庭幸福。来参加"派对"的朋友、同学都会带来一份厚礼，而且事先大家会打好招呼，礼物不重复，要实用。一般用品、玩具、营养品等都可以，曾使用过的童车童床、汽车坐椅也很受欢迎。王海波平时热心助人，产前派对来了许多人，送来许多实用而且急需的东西，为他们解决了大问题，省下了不少钱。

在美国生孩子医疗费用很大，但有些公立医院对贫民有福利救济措施。这年底，吴燕顺利生下一个女孩儿。吴燕平时打工，为生孩子存了一点钱。但为了省钱，只住了两天医院就回家了。房东老卢恰是个热心人，看到他们经济困难，特地向教会申请了许多救济品，如奶粉、婴儿用品以及玩具、服装等。一般教会都是慈善机构，王海波不信基督，和老卢恰共同语言较少，缺少心灵上的交流，但老卢恰并没有因为这种信仰的不同而分彼此，还是真诚地希望大家都能信仰基督，得到主的爱护。

孩子为全家带来了快乐和温暖，同时也增添了困难和负担。在吴燕无法工作还要照顾孩子和恢复健康期间，王海波忙于学习还要打工，不仅人消瘦了，学习成绩也下降，学分上不去，就要延长毕业期限。教授通常都喜欢聪明听话的学生，王海波不是很聪明，主观性又强，常与老板有不同意见。如果他只是要个硕士头衔，问题不大，可是他的决心是要得到博士学位，自然很辛苦。但王海波有股坚韧不拔的精神，没有奖学金敢闯美国，他靠的就是这股子精神。

吴燕看在眼里,急在心头。再三思量后,决定把孩子送回国交给母亲抚养。夫妻商量了好几次,海波希望一家人在一起,也明白母女分离对吴燕是件非常痛苦的事。但由于吴燕的坚持,母女暂时分离看来是无法避免的。海波感到很内疚,只好希望生活能尽快有所改善,好把孩子接回来。

留学生在国外成家,有了孩子后,为了减轻负担,一般有两个办法:一个是请父母出来帮忙带孩子,因为美国生活负担的大头是房子,平常吃饭开销不大。另一个办法是送孩子回国,等待毕业找到工作后,再把孩子接出来。吴燕也试过第一个办法,接父母来美国。本来探亲签证也是非常容易的,但不知道什么原因,也许是经济不宽裕,银行里没有存款吧,吴燕的父母几次签证都没有成功,海波的父母也一样不行。吴燕选择第二个办法是出于无奈。所幸吴燕的妈妈是小儿科的退休医生,她理解女儿的困难,也喜欢孩子。于是,1996年夏天,吴燕带孩子回了国。母女几年不见,这次相逢别提有多高兴了。在杭州享受了一个月的天伦之乐后,心里惦记着丈夫的吴燕匆匆告别母亲、吻别女儿,急着赶回美国去了。

送走孩子,夫妻俩难过了好一阵子。好在孩子由医生外婆照顾,有点小毛病也不犯愁,只是他们觉得肩上的责任更重了。压力变成了夫妻共同创造美好生活的动力,共同渡过难关,早日把孩子接过来,过上美好的生活,成为他们的奋斗主要目标。

吴燕依然辛苦地打工挣钱,为家庭团圆尽心尽力。王海波在生活和家庭的压力下,在社会交际的磨炼中逐渐变得深沉老练了。他看到了自己的缺点和不足,认识到过去许多无谓的忙碌,是在浪费自己的光阴和生命。凡事抢在前头更是成事不足,败事有余,成为别人取笑的话柄。渐渐地,他疏远了多余的交际,人们再也看不到那位人前为人赞美、背后被人取笑的"老班长"了。

王海波以坚韧不拔的精神,终于在 1998 年的夏天,取得了密苏里大学化学博士的学位,他那勇于改过、勤奋刻苦的精神,让以前看不起他的人深受感动。他的毕业论文功力深厚、见解精辟,也为教授们所认可。

经过几个月的积极奔走,同年 10 月份,他在芝加哥市找到了一份理想的工作,离开了圣路易斯,告别了鬼屋。王海波一家是在鬼屋里住得时间最长,也曾是这个地区留学生中比较坎坷艰难的一家。

有了固定的优厚收入后,王海波在芝加哥北郊外买了一幢小房子。这里房价比圣路易斯要高 50%。他买的是二手房,花了 30 万美元,以 30 年分期贷款的方式支付。每月本息要 2000 多美元,负担不轻。

有了房子,当务之急是把女儿接过来,全家团聚。顺便也把岳父岳母带来美国住了一阵子。家庭经济条件有了改善,吴燕不再去打工了,整日在家里带孩子、打理家务,或陪父母出去走走,也挺忙的。成功之路很多,但只有勤奋刻苦、专心致志才是最可靠的正道。王海波的奋斗历程是最好的证明。

芝加哥是个繁华的都市，人才济济。王海波人生的另一阶段将在这里展开……

创业从来多辛苦，尤其异国求生存。

有家自比无家好，夫妻同心力断金。

少年单纯勤作辅，专心致志岂输人。

几经坎坷不会败，任凭风高破浪行。

天才的奋斗岁月

1993 年秋天,鬼屋又迎来了一位华盛顿大学物理系的中国留学生,名叫沈源,北京大学研究生毕业。他身材不高,其貌不扬,却聪明绝顶,有过目不忘的天赋。一般的电话号码都能记住,无需查看通信录。有人做过试验,知道他不喜欢游玩,就出个冷门题,请教他圣路易斯市的动物园和植物园的电话号码,他竟能随口说出,准确无误。

聪明人如果能谦虚包容一点,锋芒不露,一定更受人尊敬。

三国时期西蜀有位谋士张松,长相不佳却是个绝顶聪明的人。他见到蜀主刘璋昏庸无能,认定西蜀早晚必为他人所取;又纵观天下,认为争天下者曹操和刘备是也。闻听曹操兵多将广,礼贤下士,挟天子以令诸侯,料定其他日必夺天下。于是,张松就暗地里绘制了一幅西蜀山川图,想投靠曹操作见面礼。曹操对张松的恃才傲物、相貌丑陋早有耳闻,对他毫无好感。闻其来投,轻易处之,派了谋士杨修去接待。张松见不到曹操,略显不悦之色。杨修也是出了名的聪明人,遂以曹操的才能来压压他的锐气,他拿出一本曹操新撰的兵书让张松见识,张松一目十行,草草翻阅一遍,便冷笑一声说,这本兵书为一古代无名氏所撰,西蜀小儿都能背诵,你若不信,我可以背给你听。接着便一晃脑袋,滔滔不绝,一字不差地把全书都背了出来。杨修大吃一惊,进去向曹操汇报,说他是个人才。曹操可没有这个雅量,一气之下烧了自己的兵书,并下令赶走了张松。而刘备阵营的诸葛亮料定张松怀中有宝,就在途中以厚礼相待。张松被他感动,把山河图拱手送给了刘备,终于促成了汉末三国鼎立的局势。

沈源是个聪明人,你不懂的他懂,你不能的他能,但他的骄傲,给他今后的生活和事业带来了负面影响。

沈源的父亲在抗美援朝时期,当过志愿军的文工团干部,沈源的音乐天赋是家传的。沈源从小就喜欢音乐,超强记忆力大多是在对音符的记忆中培养出来的。虽然家境不算富裕,但他受到的教育却是非常高档的,可谓北京大学研究生中的骄子。出国前,他娶了一位既漂亮又能干贤淑的太太,并有了一个聪明活泼的千金。妻子黄春梅,是他父亲战友的女儿,两人从小青梅竹马,情意深厚。

国内有妻室的留学生,出国后的第一件事就是尽快把妻子和小孩接出来，共同生活，以使自己在艰难的奋斗中得到家庭的温暖和鼓励。沈源是获全额奖学金来美的，省吃俭用每月可以节余三四百美元。作为一个骄傲的人，他情愿住鬼屋也不愿去打工赚钱。这样到了1994年夏天，沈源已存下3000多美元，于是利用暑假之便，他回国一趟，以伴读的方式为妻子办好签证，重圆了幸福的家庭生活。

妻子春梅和女儿过来之后，生活光靠助学金是不够的，这使沈源很烦恼。好在春梅很能干，什么样的困难都能克服，什么样的地方和环境都能生存，而且还能生活得比别人都好。正因为有这样一位贤能的妻子，春梅来了以后，鬼屋也有了生气，所有家务都被操持得井井有条，家庭充满着温馨和幸福。春梅的英语会话虽然暂时还有点障碍，但她适应环境和推销自己的能力很强，没过多久就在一间台湾人开的小餐馆打上了工。这是一间夫妻店，丈夫管进货炒菜，妻子管店堂和招待以及送外卖，生意不错，经常忙不过来，临时雇个钟点工，很少有称心的。自从用了春梅，一切都上了正轨，里里外外操持得井井有条，整齐清洁。小餐馆的生意日益兴隆，老板和老板娘非常高兴，把她当做自己的朋友，还不断给她加工资。

春梅的女儿快两岁了，取名清秋，大家都管她叫小秋秋，小秋秋同她爸爸一样聪明，两岁就已显露出非凡的音乐天赋。她喜欢听音乐，对音符特别敏感，而且从不认生，真是人见人爱。父母出去工作、上学，谁带她都行。鬼屋人多，谁有空谁带，再不行还有老卢恰。老卢恰非常喜欢秋秋，经常从教堂带回来一些玩具、糖果和奶粉以及家庭用品等，为沈源一家提供不少帮助。沈源不信教，但对老卢恰非常尊敬。

春梅是位标准的贤妻良母，对丈夫百依百顺，与人谈起丈夫，满是之情更是溢于言表。她坚信如果在古代，沈源一定是状元郎。沈源对妻子也是爱笃情深，从来没有因为春梅没有受过高等教育而有丝毫的轻视。他为人很骄傲，常批评这个人无知，那个人愚蠢，但对春梅的所作所为，他都认为是完美的。

沈源有这样一位贤惠的妻子真是他的福气。因为在留学期间，他赚钱不多，又从来不做家务，却非常讲究生活质量。春梅了解他的喜好，总是尽可能地满足他。他不吃隔夜菜，春梅每天为他烧新鲜的，剩菜春梅自己处理。他只喝春梅煮的咖啡，所以当春梅不在的日子，他几乎濒于崩溃，所以他可以看不起世界上所有的人，但绝不敢轻视春梅。

沈源的课余生活十分丰富。他特别喜欢运动，每周都要打三四次网球，有时还组织几个同学到公园去踢足球。圣路易斯市有许多小公园都有体育场和健身设施。沈源还特别喜欢音乐，高级的音乐表演票价太高，买不起，他就买了一套很好的音响，开足了声音震撼鬼屋。老卢恰对此提意见，只有此时，沈源才肯把音量调低。沈源还喜欢看书，世界文学名著的英文版，不论古今中外，统统借来看，因此学校图书馆和市图书馆也是他经常光顾的地方。但他不喜欢下棋、打牌等游戏，认为那是浪费时间。

1994年夏天，世界杯决赛在美国举行。沈源是足球迷，马上动员了几位爱好足球的同学凑钱买了个专放世界杯的体育频道。

美国的有线电视非常发达，有上百个频道。要看新出的电影、现场体育比赛、音乐会、马戏团以及政治经济、儿童节目等都可以单独买，价钱虽贵一点，但很方便，一个电话就行了。这次世界杯足球赛，全部收看需要50多美元，五六个人分摊，每人不足10美元，负担不重。

鬼屋条件较差，沈源的电视机不够大，正好球迷中有位叫张涛的，与学生会主席胡刚同租了一套独立公寓。他的客厅宽敞，加上胡刚有部大屏幕彩电，看球赛的条件水到渠成。

球赛开始后，凡是白天的场次沈源场场必看，夜场则先录好然后补看。沈源每天吃过早饭就去张涛家看球赛，春梅则为他准备几瓶啤酒、一盒盖浇饭作为午餐。看球赛的同学们就像流水一样，这个来了那个去，只有沈源像流水中的石头一样，一坐就是好几个小时。

沈源是位可敬的文明球迷，看球时全神贯注，从不忘情欢呼，也不骂人。看到精彩处，他会拍一下沙发，叫声好！别人跳跃欢呼，高声叫骂，甚至摔东西出气，他总请大家安静，不要干扰看足球。春梅不看球，也没时间看，她知道沈源喜欢，为了让他专心看球,能做的她都做了。关于沈源的功课,她不担心。对聪明人来说,落下去的这点功课,平时抓紧一点就能补回来,而且美国大学的学习压力本来就不重。

因为春梅的努力,加上其省吃俭用,家庭经济开始富足。生活刚松了一口气,沈源就急着要添个儿子了。要不要在这个时候生孩子,很让春梅为难。虽然说存了点钱,但沈源要攻读博士学位,还得几年,以后带两个孩子如何再打工?而且谁能保证生出来的一定是儿子?为难归为难,没多久,春梅还是怀孕了。

沈源知道妻子怀孕了很高兴。以后的事情安排,一切都听春梅的。他不会去操这个心,也不需要他去操心。可春梅怎么办,她也没有三头六臂,她只是个能干的普通女人!春梅想来想去只有向父母求助,请两位老人出来帮忙照料孩子,自己坐月子也好有个依赖,满了月还可以继续打工。她期待沈源有了工作一切都会好起来。

留学生父母亲的探亲签证是比较容易办的,只要父母能在她产前一个月来美国就好了。同时,请老人来美国见识见识,也是让老人感到高兴的事。

春梅的大哥在日本工作,几年来积蓄了不少钱,本打算在日本定居,但因日本地小人多,移民不易,现在妹妹在美国,妹夫又是美国未来的博士,成为美国公民是早晚的事,于是早就想把脑筋动到美国去。现在知道妹妹家有困难,就主动提出在经济上提供点帮助：妹夫取得博士学位前，可以提供无偿贷款。不过附带一个条件，就是要让她嫂子到美国生孩子。大哥听人家说，按美国法律规定，凡是在美国土地上出生的孩子，都自然成为美国公民，即所谓"落地生根"。孩子小的时候可以随父母在他国生活，到了 16 岁有主见时，孩子可以照自己的意愿选择定居美国或跟随父母加入别的国籍。据说这个方法帮助过不少港台的有钱人取得美国国籍。16 年漫长的岁月到底会发生什么变化，谁也预料不到。人的一生难免偶然发生的事情，敢作这样的投资不得不令人钦佩。古人说得好"人生不满百，常作千年忧"。真是可叹！

春梅父母顺利通过探亲签证，哥哥又自愿给予无息贷款，目前的困难似乎都解决了。但经医院的检查，春梅这一胎又是女孩。春梅再能干，也没有办法把女孩变成男孩。沈源很郁闷，不仅没达成愿望，又伤了妻子的心，他开始后悔自己的这种不智的言行。在内疚的同时，他还常常安慰妻子并道了歉。

科学不断进步，形势不断变化，学物理的人，在国内一直是尖子。但在美国，学什么都得精通计算机，所以留学生都在本学科之外加学计算机。伊利诺斯大学的计算机系吸引了圣路易斯城的许多中国留学生。该系毕业的学生找工作很容易，且报酬不低。大势所趋之下，圣路易斯地区的许多留学生都转学到伊大改学计算机。

　　使沈源放弃助学金和物理学博士的另一个原因是,春梅要生产了,岳父岳母就要过来了,六口人总不能再住鬼屋了。他去过伊大,那儿校园优美,宿舍租金也便宜,对春梅生产前后的休养和老人的起居都有好处。

　　沈源是个果断的人,说做就做。这年秋天,他转学到了伊大,结束了两年的鬼屋生活。他在伊大租了一套两室一厅的宿舍,环境优美,住房舒服洁净。这里还有不少与自己一样改行的中国留学生,生活一点也不寂寞。

　　春梅分娩前一个月,她的父母准时抵达了。全家团聚,又住上了如此舒适的房子,老人十分开心。分娩前的一个月可以说是春梅来美国之后过得最舒心的日子,为了不让春梅劳累,家里的事父母全包了。自从搬来校园之后,春梅就停止了打工,现在又有父母照料,除产前身体上有点累,在精神和心理上都感到很愉快。

　　只有一件事让老人担心,春梅生秋秋的时候是剖腹产。当时医生曾说过,以后生产还是要剖腹的。而且按当时的医疗条件,医生还断言剖腹生产不能超过两胎,否则会有生命危险,伤口难以愈合。现在美国剖腹产已经普遍为产妇所选择,由于医疗设备和技术的进步,剖腹手术变得简单而可靠。话是这样说,但在肚子上开刀,而且是第二次开刀,总是令人担心。

　　春梅已经知道怀的是个女孩,十分伤心,偷偷地哭了好几次。因为她知道如果这次又是剖腹产，以后就不能再生孩子了。沈源也很伤心，他非常希望有个儿子，但却落空了。为了安慰春梅，沈源改口说还是女儿好，女儿温柔体贴能孝敬父母。夫妻俩互相体谅爱护，彼此的心都得到了安慰。

8月份，春梅顺利地生下了千金，外公给她取名叫佳佳。佳佳非常可爱，胖胖的总是傻笑，从小憨厚随和，为家庭增添了许多欢乐和温暖，清秋像父亲，聪明中透着点傲气，佳佳则像母亲，温柔中有点憨厚。

国外华人，都认为一个家庭最好有两个孩子，相隔三四岁，是男是女问题不大，主要怕独生子女容易变得孤僻和任性。美国很重视儿童的社会教育，从托儿所、小学、中学直到大学，孩子们大部分时间过的都是集体生活，许多家庭独子，成长得都很健康良好。在世界人口不断膨胀的今天，少生孩子是人类获得长久幸福的正确方法。

沈源不理家务，但对孩子的成长教育却十分重视。他发现清秋从小就有音乐天赋，所以搬到新学校之后，就为她买了一架二手钢琴。当时在家庭经济困难时期，花400美元买架钢琴也是一笔巨大的付出。这架钢琴奠定了清秋的音乐道路。等到她热爱钢琴，学了点入门知识之后，沈源又忙着要为她找寻好的钢琴老师。从小发现孩子的天赋，在钢琴上为之定型，并有计划地让她登堂入室，沈源的确是位了不起的父亲。

圣路易斯市音乐学院里有位来自中国上海音乐学院的姓薛的老师,钢琴造诣很深。沈源了解了老师的经历和才能后,通过各种关系与其取得联系,并把清秋送到老师家面试。四岁多的孩子什么也不懂,但坐到钢琴面前一伸手,在发出的琴声中,老师就意识到这是未来钢琴界的一匹千里马。

好老师都希望能带出几个好学生为自己扬名。薛老师曾在国内培养过几个好学生,在美国多年也不断地在找寻可造之才,有不少华侨把子女送来拜师,并许以丰厚的报酬。但其中没有一匹千里马,就都被婉言谢绝了。薛老师自视甚高,决不滥收弟子,但如今见到清秋后非常兴奋,当时就敲定收这位女弟子了,并从此和沈源成了好朋友。

春梅因长期劳累,又经第二次剖腹产,人显得精神疲惫,脸色苍白,瘦了很多,父母见状心疼得不得了。看她为了生计还要打工,现在又多了清秋学钢琴的费用,就算沈源毕业后马上有工作,也得等一年多的时间。现在助学金没有了,哥哥的帮助也有限,而且借来的钱也是要还的。两位老人看在眼里,急在心里。

春梅早出晚归,夜里还要给婴儿喂奶,有时还要接送清秋学钢琴,忙忙碌碌。沈源则清闲多了,只要管好清秋的钢琴联系,其余都不是他的事。父母都偏爱自己的子女,春梅的父母也是如此。他们觉得心中不平,就常常对沈源发牢骚,日子多了难免引起口角。老人有时候很固执,自以为在这个家庭是长辈,理应受到尊敬,何况是为女儿讨公道,说几句合乎情理的话,并没有错。而沈源是个傲气十足的人,刚开始遭到老人数落,为了春梅只好忍着,但数落渐渐升级,翁婿之战终于打响了。

其实,老人的想法是错误的,他没有真正认识到女儿的心意。女儿为家庭辛勤付出是心甘情愿的,照顾好丈夫和子女是她的愿望。这样做她不觉得辛苦,反而觉得幸福和温馨。女儿的家庭是由女儿和女婿两人组成的,孩子是他俩的延续,老人不是也不能是这个家庭的主宰,只是家庭外的长辈。

老人挑起了翁婿战争,要女儿在父亲和丈夫之间表个态。结论是早已注定的,老人不得不在看到女婿找到工作、家庭走出困境之前返回了中国。老人心中留下了伤痕,他的爱护女儿之心,却造成了使女儿和自己都痛苦的结果。

在中国留学生的家庭里,更多的是婆媳之间的战争,而哪方胜利都是家庭的悲剧。做父母的不能不引以为戒! 时代不同了,社会不同了,老观念也要改一改了。

春梅父母回国之后,沈源和春梅熬过了最辛苦的一段时间。好在时间不长,沈源就得到了伊大计算机系的硕士学位,由于他学习成绩优良,面试应对得当,很快就为当地最大的电话公司所录用,而且报酬丰厚。他们的家庭也从此摆脱了困境,春梅终于结束了打工生活而成为了家庭主妇。

春梅哥哥听到消息,很快就汇来了一大笔钱,说是借给他们买房子的。这是两年前的约定,下一步是嫂子要来美国生孩子。春梅的大哥精明能干,计划周密深远,妻子怀孕又合时间,他计划半年后就以旅游签证的方式来美国生孩子。

　　沈源在圣路易斯市买了一座 20 万美元的房子,20 年分期付款。他用春梅大哥的钱,先付 25% 的房款,这样的房价在美国算是比较便宜的。20 万美元的房子,在纽约、芝加哥、旧金山等大城市可值 40 来万美元。新买的房子不算好,但供四口之家住,也算不错了。三室三厅,一个设备齐全的厨房,楼上楼下各有一个卫生间,还有一个很大的地下室。房前房后都是大草坪,门口有两个花篮式花坛。后面花园的四周种满花卉,还有几棵果树,除了冬天,每月都有鲜花盛开。春天里有郁金香、杜鹃以及其他多种鲜花,万紫千红,满园春色;夏天有月季和绣球;秋天的小菊花迎风傲霜,色彩鲜艳。后门口有排紫藤架,枝叶茂盛。有花看花,没花的时节也可以遮阴避阳。架上摆了两把摇椅,夏天傍晚在那摇上一摇,清雅舒适。花园一角是一个小的儿童乐园,秋千架、滑梯都是现成的。室内原有的电冰箱、空调以及厨房用电器都很齐全。

　　有了自己的家,春梅的事又多了。花园要除草扫叶,按时施肥,补种新花。美国家庭的花园支出占日常支出的一定比例。各种工具、机器都不能少,除草要有一套机器,清扫落叶也要一套设备,这也是每个家庭为地区绿化美化所应尽的义务。故意偷懒,影响地区的卫生和清洁,左邻右舍是会有意见的,严重了,警察也会干预。

有了新居后,半年里沈源添置了许多家具。他买了两个房间的配套用具,书架上摆满了有用无用的书籍,墙上挂上了几幅有真有假的名人书画,几盆瓷器、盆栽、室内花卉。虽说不上富丽,却格外幽雅。一架二手钢琴作为清秋学琴的投资,也提高了家庭的艺术格调。他们的地下室很大,沈源在那里搞了个小酒吧,放了一张乒乓球桌,此外尚有不少空间可作儿童娱乐室。该有的都有了,高档的东西慢慢地在增加,以后可以安静舒服地过幸福的家庭生活了。

春梅是个能干的主妇,她把家庭里里外外都打扫得清洁整齐。孩子们的起居作业都安排得井井有条。"妻贤夫自在",沈源对目前的生活环境非常满意。工作之余,享用妻子的美食和咖啡,欣赏大女儿的琴声和小女儿的笑声。傍晚沐浴在落日的余晖里,拿一本书在紫藤架下的秋千上,边摇边读,生活似仙啊!这一年的秋天,春梅嫂子在分娩前半个月,参加日本旅游团前来美国,同行还带了9岁大的儿子。这一下打乱了沈源和春梅的宁静生活。旅游团在芝加哥只停留了几天,嫂嫂以产前不适要求住院治疗。这都是预先计划好的,并用电话通知春梅到芝加哥来接。圣路易斯城到芝加哥不过四个半小时的路,旅游团因事出突然,而且分娩是人命关天的事,不得不给办了退团手续。春梅顺利地把嫂子接回了家。

原以为嫂嫂来生孩子是件简单的事,大不了为她辛苦一个月也就过去了。想不到麻烦大了,这位大嫂娇气里还带着傲气,非常不好服侍。衣来伸手,饭来张口,吃了就睡,睡厌了就到花园里坐坐,好像接受人家服侍是理所应当的。春梅是厚道的人,从来都是真心待人、任劳任怨。为了照顾嫂嫂,她楼上楼下端茶送饭,因过分劳累,面色苍白,腰椎疼痛,好几次不得不坐在楼梯上休息。沈源看在眼里,急在心里,有时按捺不住,脸色不好看,说话也不太好听,但看在妻子的份上,还是尽量忍着。

大嫂在美国生孩子,医院里不过住 3 天,在春梅家却住了 3 个月。春梅要管理偌大的一座房子,照顾 3 个孩子还要服侍产妇,怎能不劳累?更使春梅为难的是大嫂带来的大孩子,非常顽劣,经常欺负清秋和佳佳。男孩子顽皮也是常有的事,最头痛的是这孩子手不干净,同隔壁孩子们玩耍,见到喜欢的东西,就偷偷地拿回家自己玩。春梅见到几次并劝说过他,但都没效。告诉大嫂,她却不以为然,认为春梅小题大做。显然,哥哥家的儿童教育出了问题。春梅很为孩子的成长担忧,在电话里向哥哥作了多次汇报。大哥很明理,在电话上训了儿子几次,并向春梅保证回去一定好好管教。但嫂嫂不高兴,说是春梅诬告,侮辱产妇,常常发脾气,结果被大哥逼着回了日本,结束了在美国的悠闲日子。春梅却从此落下了个腰痛的毛病。

　　春梅辛苦了 3 个月，受了不少气，更觉得平静生活的可贵，但这个交易做得也太累了。谁知道 16 年以后，世界会变成什么样子，在这样漫长的时间内到底会发生多少偶然的事情，也许有什么原因使孩子来不了美国，也许美国发生变化政策变了，等等。为了遥不可知的将来，花费精力和金钱，还连累他人受罪，何苦呢！好在一切都结束了，春梅家又恢复了以往的安宁和幸福。

　　小清秋在名师的严格教导下，钢琴技艺日益精进，九岁那年就取得了圣路易斯地区少年儿童组钢琴比赛的冠军，第二年在全美少年儿童钢琴赛中，又拿了个名次，而且老师还常带她参加各种表演。清秋学钢琴不仅靠天赋，更重要的是刻苦用功，有老师和爸爸的正确指导和严格督促，每天自学都超过两个小时。如果上课时，老师发觉哪个音符不正确，这个小节就要反复练习半小时。好几次她都弹得手臂发肿，手指伤筋，春梅看了很心疼，但这归沈源管，她不便过问，只能在饮食和生活上给予更多的照顾。所谓"成人不自在，自在不成人"。只靠聪明天赋，没有刻苦勤奋的精神是成不了大器的。清秋成为音乐家的光辉已经显露，成为哪一级的音乐大师，就要看她的天分了。

　　沈源在工作上的表现也很卓越，颇受上司器重，工资也比别人涨得快，可惜的是，他傲气不改，常常得罪别人，为同事所讨厌和妒忌。如果能在生活和社会的磨炼中能去掉一点锐气，收敛一点锋芒，他的前程将更加光明，家庭也会更加幸福。

　　　　做人切莫太聪明，聪明未必事有成。

　　　　吃亏一步前程大，小事成就大事清。

　　　　逆水行舟多劳累，顺流随意舒心情。

　　　　孔明为国鞠躬萃，未见阿斗续汉薪。

悬崖边上的幸福

余波是山西太原人,1988 年毕业于北京某大学。后来回太原做过几年研究工作,为人耿直,但喜欢抬杠,人缘较差,工作上一直觉得不顺利,换过几个单位都不称心。当时正是改革开放的高潮,国门大开,看到老同学们都纷纷出国深造,前程似锦,他也有意出去闯一闯。

老余有个美好的家庭,妻子付晶美丽贤惠,也是大学毕业。儿子小宝聪明乖巧,人见人爱。余波把出国深造的想法告诉妻子后,得到她的积极响应,并且马上联系,到她的老同学,在美国密苏里大学攻读博士的徐航。徐航也是快人快语,立即为他申请到密大的一个留学名额,每月还有 700 美元的助学金。于是,在 1992 年秋,余波离家赴美,开始了留学生涯。

在留学生中,老余的年纪比较大,加上经历坎坷、生活操劳,满面皱纹,笑起来也充满着苦涩。因为脾气倔强,与他能称得上好朋友的人很少,但他对朋友却很讲意气,谁有难处都会慷慨相助。

老余心胸有点狭窄,担心妻子在国内有越轨行为,所以赴美后想方设法要把妻子接出来:一来有个温暖的家,二来妻子在身旁比较保险。虽然他工作过几年,在国内有点积蓄,但要用来接妻儿出来远远不够。为了省钱,他住进了鬼屋,课余时出去打点工。但他放不下架子,打打停停地也挣不了多少钱。

一些多嘴的人,在老余打听老婆近况时说了些捕风捉影的话。有的说他妻子和某某人在饭馆吃饭,有的说看到她和别人看电影。本来与朋友、同学看戏吃饭是很普通的事,却让老余坐立不安,醋海翻腾。好不容易熬到了隔年夏天,余波利用暑期长假急匆匆地回国接妻子去了。

付晶贤惠诚实,对丈夫敬爱有加,从来没有过二心,对丈夫的一切包括缺点也都能包容。也许是老余自己心里不平衡,也许是因为妻子太好了,他又有点底气不足的大男子主义,信心不足又顾虑重重,生怕什么时候会失去她,因此与妻子同机赴美是余波此行的主要目的。但由于经济条件不足,只能先把儿子留在国内,他相信先带付晶以伴读身份来美国,安一个温暖的家,不仅生活上多个帮手,而且付晶心灵手巧又没有语言障碍,找个普通的工作应该不太难,夫妻俩辛苦一年,再把儿子接出来在美国接受教育把小宝一个人留在国内,大家都很难过,但为了将来的幸福暂时的分离也是无可奈何。小宝相信父母的承诺,同意一年后再与他们在美国团聚。不过,如何安排小宝这一年在国内的生活,是大家最关心的事。

付晶的大哥是位精明的生意人,托改革开放的福,发了点小财。有钱的人都希望找个关系托个人出国走走,看看外面的世界,特别是像美国这样的花花世界。听说小宝因暂时困难要一年后才能出国,就说服他父母接小宝来家同住,也好有个照应。小宝从小就喜欢跟舅舅玩,舅舅还没有结婚,遂把小宝当做儿子般爱护。另外,一年后还可以以送外甥为由,到美国玩玩嘛。不管怎么说,这正好解决了付晶安排小宝的问题。小宝有外公、外婆和娘舅的照料,她大可放心了。这本是她设想中的最佳安排,但付晶不好意思开口,现在凌锋先表态了,那还有什么可说的呢,付晶全家都很感激。

夫妻同机到达美国,鬼屋顿时也蓬荜生辉,喜气洋溢。只是缺了小宝,付晶难以安心。为了实现接小宝的诺言,夫妻俩开始辛勤挣钱。付晶很能吃苦,又无语言障碍,要找间中餐厅打工是不成问题的。可是老余爱面子,顾虑太多,不同意文化高、修养好的妻子抛头露面去干打工的粗活。最后好不容易商量决定,利用付晶语言无障碍的优势,先找个家教工作试试。按照电视和报纸广告,付晶走访了几家要招聘家庭教师的家庭，很快就为一家台胞家庭看中。台胞一家三口，丈夫是公司经理，家庭富裕，女儿5岁，但娇宠惯了，上过托儿所不习惯，还跌了几跤，皮破血流。父母心疼，所以特地请了家庭教师，给孩子培养点东方观念和艺术才能。付晶各方面的条件都很好，还可以教孩子弹钢琴。全家人对付晶都很关照，每月付她800美元工资，初次工作能有这样的待遇也算可以了。

付晶工作努力，很快得到了孩子的敬爱和依赖。在她的教导下，孩子进步很快，中英文水平同步提高，待人接物、生活习惯也都大有长进。有孩子的家庭都比较乱，但自从请了付晶之后，家里一切都打理得井井有条。付晶不仅教导孩子，还主动整理家务，台胞夫妇十分满意。

付晶对自己的工作也很满意，她喜欢孩子，工作又轻松，早晚都是自己的时间。但为了小宝，她决定晚上进修，学点本领，找一个正式的工作，为这个家尽自己最大的努力。美国的每个城市都有一些业余大学，为社会培养紧缺人才，这些培训时间短、出路好，无论有职业还是无职业，参加短期进修的人很多。

余波和付晶平时各忙各的，周末和节假日就会一同出去走走，生活过得十分幸福。但付晶常常牵挂着儿子，少了儿子，她的生活乐趣减了大半。现在两人都有收入，省吃俭用，养个儿子应该不会有困难。照老余的计划要等拿到博士学位再接儿子，这一是怕经济负担不起，二是怕有了孩子，他不能安心读书。但他还是拧不过付晶的坚持,开始考虑如何接儿子的事了。

以老余目前的收入,如果付晶打工的收入不算在内,只有700美元的助学金。这种情况下接儿子出来还可以,但要请亲人护送,美国大使馆通过签证的可能性比较小。果然,在中国办理签证时,只有小宝通过了,护送的人因有移民倾向而遭拒绝。于是,计划被迫改变,余波夫妇因经济和时间上的问题只好请密大回国探亲朋友帮忙带儿子出来。留学生中,这样的事情是经常发生的。

小宝很懂事,一路上叔叔长叔叔短地叫着,嘴巴很甜,以至于后来这位"携带"者陈叔叔也常来看小宝,成为余家的好朋友。

小宝来美为父母带来了许多快乐和温馨。付晶心满意足了,对丈夫的尽心和包容从心里又增加了几分。小宝9岁了,由于不在父母身边,特别早熟和懂事,适应环境的能力、克服困难的决心都很强。小宝在国内已经学了一点英语,知道不少美国的生活习惯,在国内就学着吃汉堡、热狗之类的食品,生活上很容易适应了。鬼屋环境虽然差点,但是叔叔阿姨们都喜欢小宝,气氛也都很融洽。本来外婆、外公来探亲,老余准备换一套好一点的公寓房子,但既然签证没通过,为了节约,他们也就暂时在鬼屋多住一段时间了。

美国人重视教育,据说留学生家属如有学校发出的毕业典礼邀请函,一般都能通过签证。这为小宝舅舅日后来美探亲提供了条件。到那时,家庭条件也应该有所改变了,房子是一定要换的,老余也是个要面子的人。

家里有了孩子,就有了温暖和快乐,但同时也带来了不少麻烦和苦恼。首先还是经济问题,孩子的开销比大人大;第二是要花时间和精力照顾孩子。小宝虽然聪明,也学一点英语,但要去上学,语言障碍还是比较大,几个月的适应期还是要的。而且,学英语时间长了,做父母的反而担心孩子会忘了祖国的言语和文化。

付晶的工作较有弹性,每日自己接送小宝上学和放学,有特殊情况不能去时,老卢恰自愿照顾。在美国,12岁以下的孩子不能单独留在家中,因为小宝很听话,能安排自己的作息时间,老卢恰很喜欢他,照顾小宝是他自愿的。小宝来了几个月后,家庭负担明显加重。老余的个人嗜好,如抽烟、喝酒及其他业余爱好都受到了限制,心中有些不平。他认为这都是付晶固执己见造成的,如果当初听他的话,小宝过几年出来该多好。自私的人总是把自己的利益摆在第一位。老余的脾气本来就粗暴,而美国法律保护儿童的措施十分严厉,他要把火出在孩子身上也受到约束,所以,付晶成了他的出气筒,仿佛一切过错都是她造成的。老余得理不饶人,话越说越难听。付晶终于忍不住了,开始还以颜色。于是,口角开始频繁发生,分贝也越来越高。

　　家庭中有些事情是不能开头的,夫妻吵架就是其中之一。头一开就无法收拾,后果十分严重。终于,有一天架吵大了。事情是这样的:老余结束了硕士阶段的学习,接下去有两个选择:一是继续攻读博士;二是先找工作解决目前的困难,等有机会了再继续攻读博士。付晶借机向老余提了个建议,博士学位停一停,先找个工作以解燃眉之急。老余自视清高,来美就是要拿博士学位的,听到付晶要他放弃攻读博士学位,阻挡他前进的道路,不禁火冒三丈,抬手一个耳光向妻子的脸上打去。夫妻相处多年,虽有不和,付晶吃耳光这还是头一次。这让她痛不欲生,不禁放声大哭起来。老余打妻子看起来是因为经济和博士学位问题,其实经济有点困难还不至于缺衣少食,要继续求学也不必打人,实际上他还有一个埋在心底的原因,那就是有人议论付晶来美之前的一些不当行为。虽然查无实据,又不便亲口问她,但由儿子到来引发的一系列矛盾,搅起他心中过强的怨气。付晶的一番话像火上加油,让他终于按捺不出,出手打了人。

　　社会上是有一些人,喜欢背地里说人长短,搬弄是非,结果往往造成他人的家庭破裂。幸好付晶能忍耐又贤惠,否则,这杯苦酒够老余喝一辈子。

　　那些时日,老卢恰常听到余波夫妇争吵,这次好像闹大了。出于好心,他走过去看看。因为老卢恰喜欢小宝,担心孩子因父母争吵而害怕,想过来安慰一下,看到房门虚掩着,里面声音很大,他敲了几下门就推了进来,碰巧看到老余一个耳光落在付晶脸上,当时就起了五条红印子。付晶被打得嗷嗷大哭,跌坐在地上。老卢恰是位虔诚的基督教徒,对粗暴虐待老婆无法容忍,看到这一幕义愤难填,转身回到自己房内,毫不犹豫地打了一个电话,把当地分局的警察请来了。

老卢恰向两位警察说明了看到的情况,而付晶还在哭,人证事实俱在,警察不言勿说把老余带走了。当地治安很好,难得有事,打妻子更是少见,于是中国人习以为常的家庭纠纷就被当做正经事情来办了。先是作了审问记录,然后测试酒精度,又有专人来做精神辅导。老余为人虽然粗暴,碰到任何事情都要争个理,但这次事情闹大,怕留下坏记录在美国难以为人,就很快承认了错误,并当场写了检查,保证绝不再犯。

警察把老余带走,付晶慌了手脚。她意识到事情闹大了,如果老余受到刑事处分,必将影响他的学业和事业,后果不堪设想。尤其是对小宝的打击太大,如何向孩子交代?想到这里,付晶即刻找到老卢恰好言相求,说服他同去分局为丈夫说情。老卢恰很善良,事后也觉得内疚,就随同付晶匆匆赶往分局。付晶把责任揽给了自己,承认是自己引起争端,丈夫以前从来没打过她,这次是偶然的事件,而且打得很轻。老卢恰也在旁边说情,承认自己草率,没有了解情况就报了警,请警察原谅。这类家庭纠纷可大可小,受害人否认受害,一般也就过去了。好说歹说，警察放了人，但是给了老余一个警告。

谁都不愿意和警察打交道，更何况在分局蹲了一宿。虽然这次余波免受监狱之灾，都是付晶深明大义之故。但这件事被老余认为是奇耻大辱，牛脾气一上来，吵着要离婚，想把付晶赶走。小宝急了，高声对爸爸说："你们离婚，我就去死！"一句话把父母惊醒了，让他们回想起多年来的夫妻恩爱，儿子小宝给家庭带来的幸福……这一切，都要因离婚而毁于一旦！小宝的当头棒喝，让老余平静下来。他暗自思量，付晶实在没有对不起自己，而且昨天如果不是付晶的求情，警察恐怕也不会放过他。想通之后，气也消了，一场风波终告平息。

经过这件事，付晶体会到要想站直腰，一定要自力更生，要有一个正式的工作和固定的经济收入，因而作了读夜大学的决定。她的英语底子好，决心大，什么困难都可以克服。

吵架这几天，付晶没有去台胞家工作，只是打了一个电话，说家里有急事，请了几天假。因为她工作认真又能干，管孩子、理家务，一切都有条不紊，这几天没来，雇主的孩子吵着要见她，家里也乱糟糟的。台胞以为是工资太少，她不肯干了，连忙答应她涨工资，每月又多给了她 400 美元。付晶意外地得到了收获。

美国的许多城市都有一些社区大学，为本地区培养急需的人才，在业者、失业者、老年人、青年人都会参加。付晶从社会需求出发，选择了计算机夜大，因为她只有晚上有空。这种夜大学富有弹性，课程可以自由选择，时间也可以自由调配。因为业余的社区大学，学习时间短，成才快，所以很多人把它看做高素质教育的麦当劳快餐。

社区大学虽然缺少名教授，但毕业后同样可以得到社会承认的文凭和学位，而且就地找工作非常方便。许多人对自己目前的工作不满意，抽点时间选个好的热门学科学习往往能有更好的前景，所以社区大学广为大家所喜欢。

风波过去，老余一家重归于好，付晶上了夜大，工作更辛苦了，每星期有三个晚上要读书。她坚强求学的精神以及对家庭无怨无悔地付出让老余感动，反思过去对她的无端猜忌和粗暴欺侮，他深感后悔，对付晶的态度也大为改观。他大力支持付晶读书，并主动给她辅导，家庭变得比过去任何时候都温暖和幸福。

生活安定了，日子过得似乎特别快。1997 年的夏天是老余一家最快乐的日子，老余实现了取得博士学位的愿望，小宝要升中学了，付晶也修完了计算机大学课程，接下来老余和付晶都要找工作。老余的愿望是当教授，可能要走博士后的道路，据说校方正在考虑给他博士后的名额。付晶的大哥听说妹夫取得了博士学位，他也知道美国很重视参加毕业典礼的家庭签证，便抓住这个机会，希望妹夫能为他弄到一个参加典礼的邀请函，借此机会来美国玩玩，也好看看妹妹和小宝。付晶的大哥在国内发了小财，来美一切费用都没有问题，并主动提出无息借给妹妹两万美元以解决他们成功前的暂时困难。就是不借钱凭他过去对小宝的照料及兄妹情分,老余夫妇也会帮这个忙的,何况老余家庭目前还真需要这些钱,做个顺水人情何乐而不为呢?有家属参加典礼,这是学校的荣誉,邀请函很快就办好并寄给了大哥。

老余一家在鬼屋里住了好几年,与老卢恰因为家事有过一些不愉快的误会。现在博士毕业了,接下去最差也是个博士后,每年有 2 万~3 万美元的收入,不能再住鬼屋太寒酸了。再说付晶的大哥马上就来了,也不好以鬼屋招待家人啊! 于是夫妻商量后决定在北郊租一套两室一厅的公寓,每月租金400 多美元,哥哥借的钱也好派上用场。他们花 20 几美元租了一辆搬运车,又请了几位同学帮忙,搬运装卸之后,请大家吃了顿饭,总共花了不过 50 来美元。学生谁搬家、买房,同学帮忙是很普遍的,即使不请吃饭也乐意。

老余搬到公寓后,增添了些家具电器,又在付晶的装饰整理下,新房与之前不可同日而语了。接下去,为小宝进中学他们又忙活了一阵子。老余事先打听过,这个地区属于比较好的学区。一个好的中学对孩子的成长很有帮助,有钱的人可以把孩子送去读私立中学或教会中学,那儿师资、环境都很好,但学习生活费用高昂。一般承担不起的家庭,就对本地学区的好坏十分重视,所以好的学区的房租和地产都比较贵。两年下来,小宝的学习成绩步步高升,语言已经没有障碍,各科成绩在班里也名列前茅。

好消息传来了，校方接受了老余的申请，确定收他为博士后。自此，老余一年有 2 万多美元的收入，付晶目前也有 1 万多美元的收入，全家再不会因为钱的事担忧了。

当年夏秋之交，就在密大举行盛大毕业典礼的前一星期，付晶的大哥坐飞机抵达了圣路易斯。付晶全家带着五彩球到机场迎接。生意人都讲排场，大哥带来了许多礼物。多年不见，又在美国相逢，彼此都非常高兴。小宝最开心，在国内时，舅舅对他最好，常带他看电影、上饭店，想到自己也可以作为小主人招待舅舅了，于是特别激动和殷勤。

生意人精于打点，大哥也带来了许多礼物，来美之前作过调查，来美国应该哪些东西差价比较大。他送给小宝的东西最多，除了全身的穿戴，还有土特产、小吃、高级的智能玩具及游戏机等，给妹妹和妹夫的有纯金首饰和上好的玲珑玉器，以及一些床单窗帘等，光是香烟就带了十几条。本来按规定，一个人只能带一条香烟、两瓶酒。他敢携带那么多是作过调查的，一般旅客没有明显的违规行为，且没有人告发，是很少被检查的，这就是中国生意人的侥幸心理，而且这点东西就是被检查出来，损失也不大。

大哥的签证在美国的停留时间是 3 个月。他准备在圣路易斯地区先住一个月，先与亲人说说话，参加妹夫的毕业典礼，然后再好好游玩一下。妹夫的毕业典礼使他大开眼界，也使他对美国的科学技术会超越各国成为世界的领头羊有所感悟。"博士"在美国很受要重,妹夫成为美国博士,妹妹家的未来一定是光明的。

在随后的一个月,他差不多走遍了圣路易斯地区所有的风景区。每个双休日,全家都结伴游玩,其乐融融。

快乐的日子过得很快。转眼间,大哥已在妹妹家逗留了一个月。签证还有 2 个月,大哥想出去转转。在圣路易斯城,他感受不到美国的繁荣和先进。美国的精华集中在东西海岸,中部名城芝加哥也名列前茅。在妹妹的帮助下,开始了环美游。第一站他坐飞机到纽约,那儿有好几个中国城,有许多中国旅行社,跟导游走,既方便又安全,没有语言问题又顺应中国的风俗习惯。

他跟着旅行社先后游览了尼亚加拉大瀑布、首都华盛顿、文化名城波士顿及佛罗里达的迪斯尼乐园和碧海沙滩。

结束了东部之旅,又从西海岸的旧金山市,陆续走过了洛杉矶、圣地亚哥等地。最让他兴奋的是赌城拉斯维加斯和大峡谷这一条旅游黄金线。赌城让他大开眼界。吃、喝、玩、乐中国都有,而且不比美国差,唯独没有赌城。在这里,每个人都可以公开地赌,公平地赌,受人尊敬地赌。一天 24 小时随时随地都可以赌,要赌什么就赌什么,要赌多少就赌多少,没有人会来干涉。人们常说,到美国不逛拉斯维加斯是虚此一行。

　　赌城之繁荣,宾馆之规模,市容之辉煌,都是世界之最,而且还在以一日千里的速度发展着。赌博的确不是好事,有道德的人都远而避之。但赌城也的确为美国经济的发展起了推动作用,而且回馈良多,并让许多人得到了快乐。

　　在签证到期半个月前,大哥称心如意地回到了妹妹家,续温了半个月手足之情。利用这段时间,付晶全家又陪凌锋到芝加哥一逛,顺便购置一些让凌锋带回国送人的礼物。芝加哥和圣路易斯城只需走 5 个小时的高速公路。那里要比圣路易斯城大得多,在那里购物,感觉上更满意,选择也更多。芝加哥可玩之处很多,有中国城、水族馆以及许多迷人的沙滩。西尔斯大厦是美国最高的大楼,在屋顶游览厅遥望,密歇根湖更是风情万种。因时间有限,他们只逗留了三四天,买了不少畅销物品,如名牌球鞋、高档服装、西洋参及营养药品等。

　　哥哥这次探亲收益良多,既享了亲情之乐,又见了大世面,观摩和体会到西方发达国家的经营方法和职业道德。他希望有朝一日能借妹妹和妹夫之力,把生意做到美国来。

　　哥哥回国不久,付晶在圣路易斯市找到了一份工作。单位不大,工资却不低,每年有 5 万美元。老余的收入与付晶一下子拉开了距离,这位傲慢的大男子虽有博士后的光环为他增加底气,但在付晶较高收入的压力下,这是决定另寻出路,当不当教授也无所谓了。于是,老余在当了两年博士后,在圣路易斯城找到了一份新的工作,工资稍高于付晶,这使老余很快找回了平衡。一切又都在他计划和预料之中。他们用 20 万美元买了一幢二手房,开始了富足的生活,过去夫妻俩的不和,随着经济的宽裕和岁月的冲刷也已经痕迹不再了。为了报答父母的养育之恩,他们轮流请双方父母来美探亲。大哥又来了一次,这个西北汉子现在只等资金到位,便准备进军美国的贸易市场了。

老余的经历对留学生颇有教育意义。一个人遭遇苦难和困惑时,一定要冷静,要容忍,一把怒火往往会烧掉自己的幸福和前途。当时老余若坚持离婚,一家三口将全都坠落在苦海之中。一步之差,天壤之别,为人岂可不为之三思?

创业者的灵薄狱

　　华勇是浙江乐清县人，乐清近海，所以接触市场经济的风气较早。这个地方曾以走私闻名全国，现在已走上正轨，经济繁荣，家家富裕。人们传说，温州市的市场经济走在全国的前头，而乐清则走在温州的前头。

　　华勇毕业于浙江大学，聪明勇敢，且有生意头脑。父母都是小学教师，家境比较清贫。为促成儿子出国深造，他们即使借债也在所不惜。华勇到处找门路，不久便得到一位在美国圣路易斯市华盛顿大学攻读博士的老同学的帮助，以自费的方式来到华盛顿大学攻读化学系的博士。

　　华勇自费留学，承受的压力很大，国内借钱国外用，每分钱都要精打细算算着用，住鬼屋是理所当然的。老卢恰知道了他的经济情况，深表同情，更为他的勤奋和谦虚所感动。华勇有什么困难，能帮上忙的他都会帮忙。房租一时付不出，也可商量,缺少什么生活用品,他都会送上门来,确实为华勇解决了许多困难。

初到美国,摆在华勇面前的有两个大问题:一是经济来源,他决不能继续依靠父母寄钱生活了,以后他要自力更生,打工赚钱是唯一的出路;第二是得赶快学好英语口语,这是立身之本,学习打工都要靠语言沟通。华勇年轻聪明,一旦下决心学,应该不成问题。

挣钱有许多方法,初来乍到,最方便的就是打工,最容易找到的打工场所就是中国人开的餐馆。华勇跟同学们去试过几次,感觉不错,很快就开始了有规律的课余打工生活。

华勇做什么都很认真,读书如此,打工也如此。餐馆的工作本来就简单,除了配料、炒菜比较难,需要学点技术外,其余的工作几个月都能学会了。他为人谦虚,待客更是服务周到,很受老板的喜欢。圣路易斯市数百家餐馆的老板大多数都是打工起家的。华勇又有经商的天赋,将来要想在这方面发展是不会有多大困难的。

几个月之后,华勇做工兼送外卖,每月的收入都在 2000 美元之上,除了维持自己的学习和生活,还可以逐月寄点钱回家还债。为了早日还清国内的债务,华勇连周末及节假日都放弃休息,连续打工。他很敬重自己的父亲,希望用自己的努力来减轻父亲的负担。

华勇把打工作为学习融入美国社会的第一步,在工作中交了许多朋友，了解了生意之道。他常向老板提出一些改善经营的方法、扩大供销的渠道、招待客人的手段，使老板得益不少。连老板也承认，华勇是块做生意的好材料。

经过一年多的努力和学习，华勇对美国的口语和社会形态都适应了。打工的压力也没有初来时那么大了，因为国内的债务都已还清，他一身轻松。同时，生活也有了乐趣，有机会他就抽空甩甩门，下盘棋，手头有了钱，总得找点花钱的乐子。平时打工服侍人，现在也要接受别人的服务，大钱用不起，小钱小享受，生活变得更多彩了。

1995年2月，华大学生会举办春节晚会，华勇怀着喜悦的心情第一次去参加了这个属于中国人的快乐盛会。联欢会办得比较简单，着重营造春节的气氛。按惯例，会有个自助餐式的除夕晚宴。各人自制小菜，互相品尝，利用这个机会，互相介绍朋友，交流经验，互通些国内外的科学成就和形势变化信息。自助餐简单方便，可以拿着碗盘随处走，碰到熟人，坐下来边吃边谈，兴致盎然。

华勇看到了一位姑娘，她叫田莉，是新来的留学生，长得娇小秀丽，一双秋水般的美眸透出逼人的灵气。经询问，原来她是浙江温州人，可算是同乡了，山亲水亲人更亲，话匣子一打开，就收不拢了。田莉落落大方，谈吐颇有大家闺秀的风范。两人相见恨晚，华勇在田莉的身旁落了座，一起就餐，一起看节目。海阔天空，谈得情投意合，临别时，他们还约好了下次见面的时间和地点。

自从认识了田莉，华勇整个人都变了，开始讲究仪表，穿的都是名牌衣服，用起钱来也阔气了，他已经坠入了爱河。这是他初次恋爱，充满着幸福感。

每到周末，两人常在一起形影不离，经常出入于电影院、歌舞厅、咖啡馆和餐馆。华勇做事向来认真，对甜蜜的初恋更是全力投入。以前为还债而打工，现在他为爱情而挣钱。但和田莉交往之后，他每星期的打工时间少了，钱花得多了，经济压力也大了。他渐渐感到打工的收入不够谈恋爱的开销，无可奈何之下，在田莉相约的时候，他不得不找点理由来搪塞。

田莉和华勇不是一个类型的人，她喜欢华勇是觉得两个人在一起玩得开心。华勇迁就她，不会拒绝她的任何要求，事实上，田莉在国内已经有了一个爱人，而且一直在努力想办法把他接出来。华勇是个好人，但她只是把他当做好朋友，她的心已经给了国内的爱人。

田莉是位聪明的温州姑娘，具有以自我为中心的个性，华勇的努力殷勤也难以换来她的认真对待。目前相处得融洽也只是暂时的，更何况田莉在国内已经有了未婚夫。田莉本来就没认为他俩是在谈恋爱，当然没有必要自报家门。说清楚了反而多了一层隔阂，朋友的乐趣反而荡然无存。维持现状，多多享受华勇对她的爱是她目前的最大愿望。她现在正努力帮助未婚夫来美伴读，到那时，华勇的美梦即瞬间破灭。华勇的大错已经铸成，将来不管以什么方式和田莉分手，都将抱憾终生。

田莉成长在一个富裕的家庭，她爸爸是位成功的商人，这次自费送她来美留学就是要她学点发达国家的经营本领，能在美国扎根，以后可以做跨国生意。自从田莉遇到华勇后，就觉得这个人很有活力，是可以交往的朋友。正想请他帮个忙，把自己的未婚夫弄出来，只是一时难以启齿。一段时间没见到华勇，她还真想见见他。以前都是华勇来接她出去玩，所以她连华勇的地址都不知道，当然，同校同学要打听个地址也不是难事。

当田莉踏进鬼屋时，真不敢相信在美国还有人住这样破漏的房子，聪明人一想就明白了，最近华勇为什么对她避而不见，一定是没有钱了。田莉心中有点歉疚，一想相见不如怀念，就主动退出鬼屋离开了。

从此以后，华勇再也没有见到过田莉，她搬家了，电话也打不通了，为什么会这样，华勇开始也一头雾水，不知什么原因让田莉突然改变主意，离开了自己。后来有人告诉他，田莉曾经来看过他的鬼屋，结果吓跑了。华勇伤心了好一阵子，以为贫穷是田莉离开他的主要原因，他绝望过，消极过，最后还是挺过来了。他终于想明白了，无法同甘共苦的女人，早晚会变心的，长痛不如短痛。

后来,他才知道田莉原来还有未婚夫,而且最近她未婚夫还取得了伴读签证,很快就要来美国和田莉团聚了。他这才明白田莉离开自己的真正原因。仔细想来,田莉这样做是对的,两个人之间的感情纠葛昌说不清道不明的,过多解释只能让彼此尴尬,还不如早日抽身,给彼此一个重新追求幸福的机会。同时,华勇意识到这杯苦酒也是自己一手酿成的,在和田莉相处的过程中,自己也有许多不是之处,最不应该的是竟不问人家有没有对象,也不了解她的过去,只是力不从心地一味装阔,处处讨好。

华勇艰难地摆脱了失恋的痛苦,打起精神,全身心投入学习之中。除了学好专业课程,他还自学了计算机、经济管理以及贸易方面的知识。

1996 年夏天,华勇完成了化学硕士的学位,基于已掌握的知识和积累的经验,他自信有能力在美国开创自己的事业,于是决定放弃攻读博士学位,先找个好工作,然后在工作中慢慢筹划开创自己的企业。

经过几个月的努力,华勇在一个小型运输公司找到了一份管理计算机的工作。因为公司小,这台计算机成为企业的管理中心、业务运输中心以及资料中心,工作繁重,工资也给得高,有 5 万美元的年薪。

华勇服务的公司虽小,但生意做得很好,投资少,见利快。老板是个精明能干的生意人,他观察了华勇一段时间,认定他是个聪明诚实的人,就开始重用他,把公司的全部资料都交给他管理,让他成为自己的得力助手。华勇也尽心尽力帮助老板,经常跟随老板与各行各业的人士打交道及学习如何做生意,如何谈判及签订合同。一年多的时间里华勇为公司的发展作出了贡献,也为今后自己创业积累了丰富的经验。

1996年圣诞节期间,华勇回到圣路易斯市,开始筹备自己的公司。他选择圣路易斯市作为自己的创业之地,一来是因为在这里他有许多朋友,环境也熟悉;二来因为离开芝加哥创业,也不会夺老板口中之食。他抓紧时间做好了贷款、租房、申请办公司的手续等工作后,返回芝加哥辞去了运输行的工作。老板想留他,答应给他涨工资,但华勇决心已下,老板挽留不下也只得放手,让他去追寻自己的梦想。

圣路易斯市当时正处在扩大发展时期,商机良好。1997年春天,华勇的公司正式挂牌营业,取名为"万事达运输公司"。刚起步时公司规模很小,房子不过两间,职工只有4人,只能承包小量的托运报关等业务。但由于他作了充分的准备,公司服务好,收费也公道,生意是一天比一天红火。

万事开头难,一旦广告打响了,信誉树立了,客户也就与日俱增了。但说起来容易,实际上华勇在创业期间也经受了不少困难,承受了不少委屈。一个中国小伙子,白手起家,资金不足,又没有实际经验,有些闪失也在所难免。要学会一点东西,总得付出些学费,如合同有漏洞,托运的货物损失偏大等,他也赔了不少钱。不过总的来说,他的经营还是顺利的,做了不到两年,就还清了贷款。第 3 年开始,生意就越做越好,赢利也倍增。公司业务扩大后,他又陆续招聘了 10 来名员工。

1998 年底,华勇在圣路易斯市北郊买了一幢 35 万美元的新房,四室三厅,设备完善,环境优美。只是孤身一人住这么大的房子,感到冷冷清清,他不禁又想起了田莉,心中隐隐作痛。"曾经沧海难为水,除却巫山不是云。"他长期鼓不起勇气去找一个不是田莉的爱人,以他现在的身份,要找个爱人不是难事,难就难在他赶不走心中的田莉。

单身的男人有了钱,总会去找寻一些花钱的乐子。华勇怕接近女人,苦闷中找到了一条既快乐又刺激的花钱之道,那就是去赌场。圣路易斯的赌场以"皇后号"赌船为大,位置在市中心对岸,赌船分上中下三层,可容纳赌客上千人,赌具齐备,富丽堂皇,每天分上、下午两场,客满后赌船就离开码头,在密西西比河中漂游,水上赌博别有情趣,此举既符合赌场离城的规定,又有近水的安全和幽静。华勇来到"皇后号",开始了自己的赌博生涯。

通常赌场新手开始赌博都只是为了寻求一时的刺激和快乐,消遣消遣而已。奇怪的是,新赌客赢的几率似乎总是会大一些。大概是新赌客还有些理智的缘故吧。时间一长,人就会入迷,赢了还要赢,输了又不服输,满脑子都是赢钱的快乐和贪婪,从此犹如双脚踏进沼泽地,越陷越深。不知悬崖勒马,必将人财两空。

华勇也不例外,初入赌场也是春风得意,他以为自己脑子聪明,手气好,赢钱并不难,慢慢地就上瘾了,成为了"皇后号"的常客。他白天忙于业务尚好,一到晚上,家里冷冷清清的,寂寞和苦闷让他难受,渐渐地对赌场里的热闹和刺激产生了依赖感,把赌场当成了家,家反而成为了旅馆,每天不赌到深夜决不肯回家。

赌场的情报系统非常完善,常客都上了他们的优待名册,华勇的赌性逐步升高,赌场的各种福利都送上门来。到了后来,只要一个电话赌场就会派专车接送。豪赌满足了他的虚荣心,让他恍惚间觉得自己已修身于处处受优待的有钱人之列。到了这个地步,华勇已经欲罢不能了。殊不知赌场只认钱不认人,等到有一天你把钱全输光了,要想半点便宜都得不到。"皇后号"的赌局已经不能满足华勇的欲望了,平日里赌客们都谈到拉斯维加斯的辉煌,赌客不上大赌城,就好像不算是大赌客。

拉斯维加斯市位于内华达的穷山僻壤之中,开赌以来经济沸腾,市场繁荣,使纽约等大都市都黯然失色。市内现有世界级的大旅馆和豪华大赌场好几家,而且每年还在不断地增加,可算是资本主义繁荣和人性自由的最高峰。赌博业大幅度地带动了旅游业、服务业以及其他行业的发展,形成了一条广泛吸引各国游客前来美国观光的黄金线,为美国争取了大量的外汇收入,同时也为社会福利作出了重大回馈。

华勇来到拉斯维加斯后如鱼得水,流连忘返,每月不去一两次,就无法过日子。赌场老板消息灵通,此后华勇每月都会按时收到赌场寄来的免费往返飞机票以及免费提供的住宿福利用餐和汽车接送等优惠服务。华勇在赌场认识了许多中国赌友,输赢之余,海阔天空,无所不谈。据说美国有部电影名叫《赌垮赌场》,说的是某大学计算机系的一位退休教授,挑选了6名学生,闭门研究学习扑克赌经,重点是"21点"游戏,掌握了规律和窍门以后,自认为可以稳操胜券,筹措了几十万美元,送6个学生上赌城大展身手。由于配合默契,算路精确,他们果然逢赌必赢,不到一个月就赢了几百万元,赢得太方便了,用起来也尽兴,住的是总统套房,可谓享尽人间奢华。但好景不长,他们的行动引起了赌场的注意,大赌场都设有高级监探设备和一些经过特别训练的特工人员,经过长期观察跟踪,发现这6人都是某大学的学生,每晚在退休教授家接受训练,虽然没有明显的犯罪证据,但对赌场来说是不合乎游戏规则的,结果私下里与学生达成协议,给他们一些好处,条件是今后不允许他们再踏入赌场并给他们老教授以严重警告的处罚。当然电影中的故事是虚构的,如果真有其事,聪明人多的是,那真要"赌垮赌场了"。

华勇沉迷赌博,开始时赢了不少,时间一长,越输越惨,钱像流水一样进了赌海,而公司经营也每况愈下,继情场失意后,赌场又把他逼上了绝路。在美国,因赌博和炒股失败而导致自杀的事例时有发生,华勇的眼前就是悬崖,再进一步就会摔得粉身碎骨。幸亏良知未泯,他猛然警醒,此时公司已濒临破产,员工人心惶惶,其中不少还是自己硬拉来帮忙的好朋友。如果再这样下去,如何对得起父母的养育之恩,如何对得起尽心帮自己的朋友们。华勇仿佛是南柯一梦,一觉醒来,浑身冷汗。

华勇清醒后,最要紧的是如何渡过这个难关。公司不得不宣告破产,好在企业不大,妥善处理,可免牢狱之灾,就几份合同要赔偿,职工的工资拖欠的要发放,可是手头上可以变卖的只有价值30多万美元的房子,一个人住也用不了那么大,只是急于脱手,卖不出价,但他也顾不了那么多了。他平时结交的铁哥们不少,在他们的帮助下加上卖房子的钱华勇总共凑了50万美元,总算把这件事摆平了。这时,华勇已经身无分文,一场春梦早就风吹而散。他没面子回芝加哥见原来的老板,一时也找不到工作,不得已,只能租了一间小公寓重新开始了打工生涯。

以华勇的聪明勤奋,全天打工,收入是不会差的。以前的挫折只是在人生道路上跌了一跤,这时候他最需要朋友的鼓励和支持。一位好心的朋友把华勇在美国因赌博失利而致公司破产的消息告诉了他的父母,大家都知道华勇是个孝子,父母的话他是一定会听的,希望他们能在儿子困难时给予鼓励和帮助。不久前,华勇已请过律师为父母申办移民,这几个月来一直没有华勇的电话和信,华勇的父母也正在期待事情的进展,当接到朋友打来电话告知华勇的不幸遭遇时,他们十分难过,于是写了一封长信,语重心长地要儿子多想想过去的困难和负债出国的困境,要他做一个堂堂正正的人,父母能不能出国是小事,只是希望不要在他们相逢的时候为儿子成为赌徒而伤心,他们还希望他能早日成家,能有一个老实、善良、会持家的好妻子。同时,随信一起寄来的,还有一些这些年来华勇孝敬父母的钱。父母的来信不仅深刻地教育了儿子,寄来的钱更是雪中送炭,解了燃眉之急,还让他从消极中振作起来,重新建立起了信心。

华勇暂时在中餐馆打工。老板是福建人,很会做生意,手下有几位很会烧菜的好手,原来在达拉斯开餐馆,最近把生意扩大到了圣路易斯市,一炮打响。只是碍于资金不足,难以大展拳脚,而且经济管理、交际广告也非其所长,另外,他的英语也不过关。此时他正在物色同伴,打算通过合伙的方式扩大经营。他的经营重点还是在达拉斯市,所以合伙条件必须是精通英语,包揽交际,并且了解交涉以及处理税款等业务。一句话,必须要能干有学问,且能独当一面。福建老板有自己的弱项,但他精明、大胆,有经验,他看中的人,一定错不了。

打了几个月的工后,华勇基本弄清楚了老板的意思以及其中存在的问题,心中有了底,就想方设法试探老板的意向。一天,他约老板做了一次长谈,先介绍了自己的经历:系统学习过计算机,硕士文凭,英语流利,自己开过公司,在经营管理、交际业务、财务税务等相关业务上小有经验,手头上还有点钱,可以入股,当然他也说明了自己曾经因赌博导致破产,并表示了深刻的悔改。这几个月来,老板也注意到了他的许多特长,感觉到华勇是位诚实的人,作为合作伙伴是很合适的,经过几天的考虑和了解,他们拍板成交了,华勇除了资金入股外还加了几份技术股。

合伙开中餐馆,是华勇在美国事业第二波的开始,将来的路如何走,大概有三个方案:第一,把中餐馆生意做下去,争取独资开店,并且越开越大;第二,进入大公司工作,他有双硕士学位,靠工资生活更加安稳轻松,而且待遇也不会少;再一个就是再开一家公司,虽然困难不少,但也不是不可能的事。不过他目前首要的工作还是把合伙店开好,积累资金和经验。福建老板给他7万美元的年薪,年终还有分红,他的生活终于又恢复了安定。

华勇很快就从困境中走了出来,开始了新的事业,浪子回头的故事在留学生和华裔中广为流传。在朋友家的一次生日派对上,华勇认识了一位来自北京的留学生,名叫刘菲,也许是命运之神的巧妙安排,刘菲的身影风韵,在华勇眼里仿佛是当年田莉的重现，一双秋水似的眼睛令华勇心动神摇，他依稀找到了曾经失去的快乐。失落中的孤独者，需要安慰和温暖，华勇有意无意地把刘菲想象为田莉，甚至超过田莉。但其实他们两人有着许多不同的地方，田莉温柔贵气，刘菲大胆泼辣；田莉落落大方，刘菲有点小家子气，凡事计较，非听她的不可，也许这正是华勇放纵个性的克星，亦即是救星。

刘菲对华勇的事早有听闻，虽然众说纷纭，但她认为华勇的所作所为还是值得称赞的：一方面是华勇对爱情的真诚执著，另一方面是他知错能改，经得起大起大落，有大丈夫气概。她相信华勇的决心，欣赏他的才华，也相信自己的眼光。他们俩经过几个月的接触和了解，心心相印，情意绵绵。华勇吃一堑长一智，事先确定刘菲目前没有别的男朋友。眼看时机也已成熟，在父母的期待下，在朋友们的鼓励下，在最需要精神支持，需要身边人帮助的情况下，华勇开始为步入婚姻作起了准备。

1999年冬天，华勇在圣路易斯市北郊买了一幢24万美元的二手房，周边环境优美，设施齐全。一切准备就绪，华勇就向刘菲求婚了。这本是水到渠成之事，只是刘菲有点担心，怕华勇老毛病重犯，因此事来了个约法三章：第一，老毛病不许重犯，必须彻底戒赌；第二，权利平等，有事互相商量；第三，平常朋友间交往，要说普通话，因为刘菲听不懂温州话，免得言语障碍造成误会。除了不能说温州话有点别扭,可能招来同乡的闲话,其余几点都是应该的,言语问题时间长了也能习惯,而且教刘菲说温州话,也非难事。不过由此也可以看出刘菲的泼辣劲,约法三章只是两口子的事,并没有法律约束力。日久情深,家庭幸福,这些规章也就不复存在了。

为了借助舆论压力以提高道德责任,双方都同意把婚礼搞得隆重点,但隆重不一定要铺张浪费。在国外结婚,不外乎两种方式,即中国的传统仪式和西方的教堂仪式。中式婚礼一般都在中餐馆进行,隆重的程度往往可以以宴席的多少、价钱的高低来衡量,也比较热闹;而西式婚礼都在教堂里举行,由牧师主婚,比较严肃庄重。

华勇和刘菲都不信教,自然选择了中式的婚礼。圣路易斯中餐馆很多,其中一间比较有名的叫"皇宫",有几个专办红白喜事的礼堂,大的可以摆下 12 桌酒席。华勇选中的吉日就在圣诞节前几天,他包了皇宫的大厅。婚礼举办得非常热闹,当地的朋友和朋友的朋友都来赴宴。店家还为他们临时搭了一个小舞台,可以即兴表演,有唱歌的,说笑话的,气氛热烈而喜庆,可惜的是双方父母都没有来参加婚礼,不过,这点他们早就商量好了,决定在新春佳节回国补办婚礼。先到北京,后到乐清,少不了又得热闹一场。华勇父母看到儿子带了一个好媳妇回家,笑得合不拢嘴了,他们对儿子前途的担心,也总算烟消云散了。

餐馆事情很多,新春又是旺季,在中国住了半个多月后,夫妻俩又匆匆回到了美国。婚后生活是幸福的,华勇好像野马套上了龙头缰绳,虽然少了点自由,从此却有了明确的方向,快马加鞭,前程无量。翌年,刘菲取得华大物理学博士学位。此时,她已有了身孕而且家境富裕,也不用急着找寻工作。有本领在身,什么时候都可以施展身手,她眼前的最大任务是保证母子平安,为丈夫做点后勤工作。但家里的内外事务也不轻松,不过华勇是个勤劳而体贴的人,家里清理方面的家务,他一早就抢着完成。餐馆工作,在时间上是比较自由的,只是由于店关得晚,华勇回家也不会早。

一年多下来,餐馆生意很好,华勇也已精通了一切业务,福建老板是聪明人,圣路易斯市的生意全在华勇手上,他也赚了不少钱,于是有意抬举华勇,以比较低的价格把店盘给了华勇,自己在小石城开了一间新店。小石城位于达拉斯和圣路易斯的中间,自己坐镇达拉斯,到小石城只有 4 个小时的车程,往返也比较方便,而且小石城中国人不多,竞争也比较缓和些。

2000 年,华勇贷款盘得了全部店面,将店扩展成独自经营的中餐馆,服务项目和品种都有所增加,以自助餐为主,同时也承办酒宴,附送外卖。从此餐馆经营打开了新局面,华勇又开始自己的创业道路。

成功道路艰难，谦虚努力向前。

机会抓住不放，莫赌少酒戒烟。

　　在圣路易斯城，"鬼屋"接待了一拨拨来自中国大陆的留学生。他们在窘困时入住，又在走向发达离去。鬼屋同他的主人老卢恰一样在风雨飘摇中渐渐老去，衰破，目睹着中国留学生一生中最主要的"春秋"！

心 路 坎 坷

　　如果从1847年第一位中国学生赴美留学算起，中国学生的留学史已逾百年。在这150多年里，中国几度掀起了留学浪潮，浪潮中势头最猛的都是涌向大洋彼岸的美国。然而席卷在这滚滚洪流中的留学生们，在异国他乡，学到了知识，掌握了技能，收获了成功之喜悦，亦收获了人生感悟，当然其中也不乏无奈与无助。留学异国他乡，太多的沉浮并非他们所能主宰。在经历了一次次人生的跌宕起伏之后，这些留学生最终又将迎来怎样的人生风景呢？

基督徒的心路历程

打开美国历史，不难看到，美国的历届总统、各界精英，乃至平民百姓，绝大多数都信仰宗教，特别是基督教。美国宪法明文规定，政教必须分离，宗教信仰的自由有法律保障，但任何宗教都不能干涉政治。宗教有助于社会道德和人类良知的净化，有助于对人类的心灵教育。

在美国，从沿海到山区，从城市到乡村，到处都有大小不等的教堂，十字架就是其路标。这些教堂主要用做当地集会、教育和社会公益的中心。

美国重大的国定节日，多数是宗教纪念日。圣诞节就是耶稣诞生的日子，像中国的新春佳节一样，张灯结彩，万众欢腾。美国的重要殿堂、博物馆及教育中心都有着浓厚的宗教气氛，大厅、会场四周的墙上和拱顶上都有圣经故事画。许多大学都有自己的教堂，军校也不例外。

　　有人认为宗教是人类无知和迷信的产物,在经济科学高度发展的美国和先进的西欧国家里,为什么会有那么多聪明人去信仰呢?而且随着人类科学的发展,人们对宗教的信仰反而越来越坚定。因为宗教能唤醒人类的良知宣扬慈悲、善良和真诚。

　　几千年来,一些智者悟出了宇宙的真谛、人生的真理,创造了宗教并把它推向全世界。佛教起源于古印度,现在已成为许多东方国家的国教。起源于中东以色列的犹太教已经在西方得到了普及,成为西方新时代的道德和良知的标准。当然,历史上发生过许多扭曲事件,利用宗教来敛财、夺权、发动战争,这是违背宇宙特性的罪行。他们的这种做法不能代表宗教,叫得再响也只是伪宗教。

　　人们对宗教的认识,多数是感性的。随着科学的发展,人们意识到了精神的重要性,精神世界能促进人类历史的发展。而且科学越发展,人们越觉得自己渺小。如果躬身反问奥妙的宇宙、神奇的历史到底是谁的安排,人们对宗教也许会有较理性的了解。历史上许多伟大的科学家,如牛顿、爱因斯坦等人,晚年都确信神能创造世界和人类。

　　信仰自由是一项基本人权,人们信仰宗教是因为其是人类智慧的结晶、宇宙精神的体现。如果人们不相信因果报应,为人好坏都是一百年,那么很有可能就会随心所欲,甚至胡作非为,结果将不堪设想。

美国人信仰上帝是有原因的,她早期的移民来自西欧诸国,这些人本来就是基督的信徒。据说首批移民的船被大风暴吹到了波士顿市的龙虾湾时,受到了当地印第安土著民族的帮助,渡过了生死关口。后来,他们发现周围是一片肥沃的土地,正是安居的好田园,顿生感恩之情,于是认定这是上帝的指引和赐予。据说美国的感恩节由此而来。

基督教传布到中国的历史可以追溯到明朝,而在中国农村的传播也有着悠久的历史。

王志华出生于河北的一个小山村,全村有百来户人家,生活贫困,但因多数人信奉基督,他们互相帮助、安贫乐道,生活过得很安宁。志华从小跟着父母信教,在圣经的熏陶和启发下,读书名列前茅,还以高分考取了合肥市的中国科技大学。一个乡村孩子以高分考取中国名牌大学是不容易的事,全村人奔走相告,以此为豪。志华更是满怀着感恩的心情,踏上了人生的征途。

1993年,志华从科大毕业,正在为自己的前程作抉择时,被一位美国老教授所赏识。老教授是圣路易斯市华盛顿大学的物理系教授。当时美国有些华裔牧师和信仰基督的教授,经常来往于中美之间,选择一些优秀的,特别是信教的中国大学毕业生到美国留学,为祖国也为全人类培养人才。

在老教授的推荐和帮助下,志华顺利地进入了华大。一切入学手续、申请助学金的工作都是老教授一手包办的,他还把志华安排在一位姓房的牧师家里居住。牧师一家四口，两个儿子都在波士顿上大学，家中现在只剩老夫妻俩，他们把志华当自己的儿子一样看待，爱护备至。志华不仅获得出国留学深造的机会，还得到那么多人的关心和帮助。信教的他自然把这一切都归功于主的指引和恩赐，加深了对上帝的虔诚。

房牧师全家都喜欢志华，喜欢他的真诚、善良和聪明，也深深为他在艰苦生活中顽强拼搏所感动。看着他面黄肌瘦很心疼，所以他们经常烧些营养好的饭菜给他吃。其实，志华人虽瘦小，但精力充沛还能干，做家务、整理花园都十分拿手。志华来了之后，房牧师家的花园焕然一新。志华还在墙角开了一块地，种上一些常年生长的小青菜，现摘现炒很是方便。志华为他们带来了温暖、活力和快乐。

志华很自律，课外的时间大多在教会服务。他动手能力很强，谁家电器坏了，他都能免费修理。他平时不太说话，话总是说在点子上，答应人家的事一定做到。志华做事有条理、有耐心而且很有成效，所以周围的人都对他产生了敬佩之情。一起的留学生们看他生活朴素，还带点乡土气息，都开玩笑地叫他"志乡"。

留学生中很少有不打工挣钱的，志华是个例外，他把课余的时间都用来帮助别人。他还省吃俭用，把省下来的助学金上缴给教会。美国各地的基督教会经费都不少，全部都是信徒们自愿上缴的。

宗教界的婚姻一般没有特殊的限制，最好夫妻能志同道合、互相帮助、携手共进，这样的家庭会更稳固。但不结婚的信徒也不少，如佛教界出家的和尚，天主教的修女、基督教的神父等神职人员，他们把一切包括生命都贡献给了信仰。

两年前，志华在合肥科大读书的时候，认识了一位名叫贾晴的宁波姑娘。她出身于一个较为富裕的生意人家庭，温柔、善良，长得娇小可爱。贾晴高中毕业后考取了合肥外贸专科学校，由于远离家庭和父母，她常常感到恐惧和孤独。同学中有信基督教的，经常以信仰来安慰和鼓励她，还常带她去做礼拜，参加教会的慈善活动，使她减轻了思乡之苦。这仿佛是主的安排，在教堂和教会活动中，她经常和志华在一起，日子久了，被志华的高尚品德和无私奉献精神深深地感动了。他们俩在学习之余互诉衷情，产生了爱慕之情。贾晴也因此成为一位虔诚的基督徒。

贾晴的父亲是生意人，宁波的生意人是非常讲究体面的，当他知道自己的宝贝女儿爱上了乡下穷学生后，说什么也不答应。在父母眼里，自己的子女都是最棒的，他们希望贾晴能嫁一个有地位、有财富的如意郎君，过一辈子的幸福生活。志华相貌平平，身材瘦小，又是十足的乡下人，论相貌门户，如何配得上自己如花似玉的女儿？但是女儿有自己的看法，她要的是品德、学问和善良，而且合肥与宁波，两地相隔，"将在外君命有所不受"。最后父母知道女儿对志华铁了心，反对也没用，只是始终不肯见女婿。志华是个有自尊心的人，贾晴想请他去一趟宁波，大家见个面，也许事情还好办一点，但志华却下不了决心。为难的是贾晴，父母的话不能不听，但她又深爱着志华。

好在这个局面没维持多久，因为志华拿到了留学美国的通知。当时出国留学，尤其是留学美国是件很光彩的事。贾晴父母的态度大变，顺水推舟遂了女儿的心意；再说女婿出国留学自己脸上也有光，学成回国自然前途无量，而且有了这门亲事，还有机会到美国见识见识，说不定女儿在美国定居，自己还可以申请移民呢。

志华出国前，翁婿关系已经改善。贾晴带他到宁波住了几天，见见亲友，并经父母同意确立了婚姻关系。因为志华出国匆忙，来不及举办婚礼，只是办了结婚登记，算是"订婚"（宁波在结婚之前的风俗），并约定来年回来接贾晴到美国完婚。

迎娶贾晴、租房子、举办婚礼、婚后生活都要钱，一心想着帮助他人的志华也只能打工赚钱了。他是个勤俭的人，辛苦个半年积攒下五六千美元是不成问题的。听说志华的爱人要来美，房牧师夫妻俩非常高兴，特意为他们的新家准备了一些日常用具，只是心中有点不舍。这些日子，志华给他们带来了许多帮助和快乐，家中里里外外都有志华留下的手艺和成果。但这是没有办法的，有了妻子，当然要自立门户。在美国，子女结了婚都要同父母分开住,何况他人呢。

1994 年暑假,志华为贾晴办妥了伴读签证,但因经济问题,他无法亲自回国迎接。志华知道贾晴是外贸学校的高材生,高分通过了托福考试,英语流利,单独来美应该不会有问题,不过还是有点担心。志华打听到有同学回国探亲返美,就特请他一路上代为照应。当贾晴的航班抵达圣路易斯机场时,志华和几位热心的留学生和教友早已拿着彩色气球,列队欢迎了。热烈的气氛消除了贾晴路途的疲劳和对异国的恐惧。

志华前个月已经在学校附近租了一套公寓。旧式公寓房子虽然老旧,但设备和各方面的条件都不错,说是单套,可除了一个卧室以外,还有一个不小的客厅和一个餐厅,厨房和卫生间设备齐全;而且公寓的地理位置和周边环境俱佳,离华大只有 10 分钟的步行距离,向东走一刻钟就是圣路易斯有名的动物园。圣市的动物园和植物园是美国中部的名园。更可喜的是,动物园是不用买票的,开放时间从清晨到傍晚,可自由出入。在家里呆厌了,贾晴或者上学校找志华,或者上动物园散心,都很方便。

贾晴初来美国,一切都是新鲜的,小两口的日子温馨而甜蜜。贾晴温柔娴淑,人见人爱,每到一处都会受到大家的爱护和喜欢。贾晴从小没有当过家,一切要从头学起,好在丈夫能干,碰到困难还有大家帮助照应,所以适应得很快。

生活安定下来后，贾晴有了许多空余时间。她暂时没有工作，想读书还得过了年再说，而公寓生活，家务本就不多，志华又抢着做了。所以多数时间贾晴都跟随教友在本教区做些慈善义工，宣传宗教精神，做些反堕胎、反吸毒的宣传工作，不仅锻炼了工作能力，提高了英语对话水平，还充实了他的生活。

志华和贾晴已在国内登记结婚，但还没有举行正式婚礼，而作为基督教徒，宗教仪式是必不可少的。因为这是乞求上帝见证和赐福的仪式。他们征求了房牧师的意见，决定在 8 月中旬举行婚礼。教堂仪式和有关细节都由房牧师安排，不讲排场，花费不会太多。消息一传开，人人奋勇，个个争先，有钱的出钱，有力的出力，更有不少人出了许多好主意。在大家的帮助下，准备工作开展得十分顺利。

1994 年 9 月 15 日，婚礼如期举行，简朴而热闹。那天，礼堂里坐满了教友和同学，气氛热烈。可惜新郎新娘的父母都不在美国，按婚礼程序，开始时新郎新娘应与各自的父亲或长辈挽手步入礼堂。礼不可废，志华由房牧师带入礼堂，贾晴由一位德高望重的老教友带着步入礼堂。在圣乐声中，新郎新娘在两位长辈的带领下步入礼堂。台上神父手按《圣经》，引领他们发下白头到老、不离不弃的誓言。此时全场百多支蜡烛同时点亮，预示着婚姻的美满和光明的未来。接着神父宣读一段圣经，作为上帝的指示和勉励赠与新人。最后请了唱诗班的十几位儿童上台合唱赞美诗,全场起立,婚礼在欢乐而神圣的圣乐声中完满结束。

参加婚礼的客人很多,餐厅设宴招待。大家轻松愉快,边吃边谈。爱好音乐的唱首歌、弹支曲,爱说笑的说个笑话,都会有许多人围观喝彩。笑声不断,风雅文明。当然也少不了有人与新郎新娘开开玩笑。闹够了,时间也不早了,新郎新娘由彩车接回住处。多数客人带着满足和羡慕回去了,几个要好的朋友意犹未尽,跟到新居还要闹闹洞房,增加些中国传统气氛。这样的婚礼新颖、节约,又不失隆重,给大家留下了深刻的印象。

在大家的帮助下,婚礼开销不大,志华手头还有些余钱。再加上离开学还有一个礼拜,小两口商量着出去旅游一星期,算是度蜜月。为了省钱,志华选择自己开车,不管怎样,在阳光之州旅游度蜜月算是人生一大乐事。他们一路上有城进城,逢海看海。一条几百里的海边公路,像一条金线把沿海的沙滩像珍珠般串在一起。这次佛州之旅带给他们永生难忘的蜜月记忆。

度了蜜月回来,学校也开学了,志华又开始忙碌起来。贾晴成了家庭主妇,生活比较清闲,想出去挣点钱,因为单靠丈夫的助学金过日子总有点拮据,但志华不放心,再加上自己胆子小,始终未能迈出打工的第一步。清贫的日子虽然也能过,但贾晴觉得自己没有负起应有的责任,常闷闷不乐,志华虽多方安慰和劝导,但也没多大效果。

房牧师夫妇住得不远,经常来看望他们,闲谈间知道贾晴正为经济问题发愁。于是房牧师夫妻俩暗暗地到处打听有什么适合贾晴的工作,想帮她解决眼前的困难。他们知道贾晴在国内当过家庭教师,这工作的确比较安全、省力。刚巧,他们打听到一位信教的台胞老板,要招一位女家庭教师来管教自己5岁的小女儿。这孩子体弱多病,上过一段时间的幼儿园,但美国的儿童教育偏重自主自由,启发式施教,小朋友们跌了一跤或者互相争夺玩具,老师看到了也不当回事。台胞夫妇心疼小女儿在幼儿园里受苦,决定留在家里自己带,但又怕自己管教不好,所以想请一位富有经验、脾气温和的女教师来帮忙带女儿。

房牧师和台胞谈妥后就去通知贾晴,征求她的意见。贾晴正为工作而苦恼,有这样的机会当然欣然接受。贾晴长相端正、秀气,脾气温和,英语流利,又学过儿童教育,还喜欢带孩子,正适合这工作。

房牧师带贾晴去台胞家试谈,双方一拍即合,他们对贾晴的教养、温柔和耐心很是称赞,开出了半日工作、月薪900美元的条件。这个工作和报酬令贾晴感到十分满意,钱虽然不多,但可以贴补家用了。贾晴为人坦诚,工作兢兢业业,除了带孩子外,还帮着做点家庭清洁工作。

志华和贾晴是模范的基督徒夫妻,每天吃饭睡觉前要做祷告,碰到好事要感恩,做了错事要忏悔,夫妻俩互相帮助,互相鼓励,虽然生活不宽裕,但心境平和,比有钱的富裕家庭生活得更充实更美满,这就是所谓的"知足者常乐"吧。

贾晴出国半年后,父母多次来电话催促,一定要她和志华回家补办婚礼。宁波人规矩多,在美国草草了事的婚礼,说什么也不能作数。有钱人爱争面子,花点钱无所谓,要的是留美女婿为他们增添光彩。老人把话说绝了,夫妻俩不去也不好。一开始,志华想不通,已经都结过婚了还补什么,而且现在学业未成,时间和金钱都不充裕,虽然岳父母夸下海口,所需费用全部由他们出,但这怎么可能呢?这次补办婚礼,无论是时间还是金钱都是无谓的浪费。但他每天看到妻子满面愁容,心就软了。反过来想想,长辈也是对子女疼爱,不予理睬是不近情理的,只得软下来和妻子商量回国的事。

两人回国,机票等一切费用再加上必需的礼品,没有三四千美元是不行的。结婚以后,他们手中的存款已经不多,离春节还有两个月时间,夫妻俩只能趁此期间多打几份工了。

1996年1月下旬,也就是中国春节的前几天,夫妻俩乘机回国了。飞机在北京入关,因为是顺路,理所当然要先到志华家拜望父母。志华的家乡是当地的穷山沟,当时还没有进山公路,下了长途公共汽车后,还要翻过几个山头才能到家。山高路陡,风雪封路,贾晴心里很是害怕。但志华从小在这里长大,小时候上中学每天来回都要走山路,这次进山,他眼前浮现出儿时许多温暖又艰辛的生活片断,自己仿佛又背起了书包向儿时的学校走去。只是苦了贾晴,好不容易翻过两个山头,眼前又是一座更高更大的山头,这下腿全软了,后面的路都是志华连拖带拉地护她到家的。下午三点半离开公路,几个山头走了三个半小时,抵达家门口时已是暮霭沉沉了。山沟里天黑得早,好在整个山村变化不大,周围环境依然如故,天色再晚也难不倒志华。

这个村子不大,邻居知道了等于全村全知道了。听说志华带着新娘子从美国回来探亲,大伙儿都纷纷前来探望,各家都送来田里刚采摘的新鲜瓜果蔬菜。乡亲们早就听说美国什么都有,就是难得吃到现采的瓜果蔬菜。乡亲们对志华表现出来的真挚的爱护和关怀,让贾晴深为感动。城里人好虚伪客套,吹捧中透着虚情假意,缺少山村人的朴实和真诚。

他们在家里只住了3天,回访了全村的每个乡亲,把从美国带来的一些如糖果饼干之类的小礼物分给了大家。礼轻意重,大家都知道志华还在读书,新近又结了婚,经济一定不宽裕,不会对此计较。礼拜天,他们和乡里人一起在小教堂里做了一场礼拜。志华在讲经台上讲读了一章圣经,并表达了对村里人和教友的感谢和敬爱。看到山村的贫穷落后,志华心里暗暗发誓,自己将来一定要对这块生养他的土地有所回报。

志华回国的重头戏在宁波。他心中已有了打算,到宁波一切听贾晴安排。他不喜欢宁波人的规矩,不懂客套应酬,只怕动辄得咎，还是少说为好。做人都会碰到许多麻烦和为难之处，都会有些自己不愿意而又不得不做的事情。出国留学之前，贾晴带他来过宁波，见过父母，宁波人那种诸如请客吃饭的热情排场，在志华看来简直是受罪，现在想起来还是心有余悸。到一家吃一家，不吃是不敬，满桌的好菜，热情的主人使劲往你盘子里塞。更可怕的是劝酒，不喝不行，在他们看来，哪有男人不会喝酒的。一顿饭没有两三个小时休想离席。对这种无休止的客套，无聊的应酬，他厌烦透顶。为什么要把宝贵的时间和金钱这样挥霍浪费掉？贾晴家里人也看出志华的反感，同时，他们对志华的乡土气和书呆子气也颇为不满。

这次宁波回门，实际上是补办婚礼。贾晴父母不承认他们在美国举行的婚礼，原因有二：一是男女双方家长都未到场；二是教堂婚礼不合他们的规矩。宁波是个既保守又开放的城市，既有自己的传统习俗和规矩，又有新的讲究和排场。摆在志华面前的是道道难关。

贾晴爸爸是个要面子的人，这次女儿和女婿从美国回乡结婚，他觉得面上有光，一出手就是 5 万元人民币，给女儿办婚礼之用。美国婚礼隆重而简朴，可惜他们未能参加，这次一定要热闹一番。婚礼从酒宴开始，他们在宁波大饭店包了一个大厅，席开 12 桌，亲朋邻里来了百多人。礼仪烦琐，先是主婚人讲话，再是新人谈恋爱史，嘘闹起哄，花样百出，弄得志华手足无措，张口结舌，只能由人领着各桌敬酒、答谢。志华稀里糊涂连自己也不知道是如何过来的,这一天大概是志华这一生中过得最累的一天吧。贾晴看着也有点心疼,但也无可奈何。

婚礼之后,志华找了个借口,说自己酒喝多了,身体不舒服,拒绝了一切应酬,把自己关在房间里睡大觉。他也知道这不太好,会使贾晴为难的,但他实在抗不住了。宁波不仅城市繁华而且风光秀丽,沿海碧水蓝天,名山古刹清幽,是华东的旅游胜地之一,平日里游客不绝。但志华由于心情不好,哪儿也没有去。他们在宁波住了一个多星期,只去过一次教堂,见了几位不能不见的长辈。贾晴就忙多了,志华失礼的地方,全靠她补上,还要访亲戚,会同学,购买东西,准备行装。听完了父亲的教训,还要听母亲的唠叨,直到坐上了回美的班机,他们俩才算松了一口气。

返回美国,他们又恢复了正常生活。这次回国,他们把积攒下来的一点钱都用完了。志华还要抽空去打点工,贾晴还要继续在台胞家做家庭教师。经过了宁波的折腾,他们觉得现在的生活更美好了。过了几个月,贾晴觉得应该安排时间去学点东西,就把自己的想法告诉了志华。这是合乎情理的要求,志华欣然同意,并主动为她联系社区夜大学。

贾晴是外贸专科学校毕业的,因此希望在这方面有所提高,也可以再学点会计、统计和电脑之类的课程,毕业后在当地公司或商店找个普通工作也方便。其实,这也是她父亲临别的嘱咐,希望女儿在美国能有个正式工作。一个人总不能永远依靠他人生活,要把眼光放长远了,万一将来有个闪失,也好有备无患。为教会服务有做不完的工作,而且受大家尊敬,但要忘掉家庭和自我,她自认为还没有那么高尚的境界。在经济上能够自立才是男女平等的真实基础,完全依赖一方,平等只是一句空话。

圣路易斯市有很多社区大学,多种专业都有,报名很方便,没有严格的学历要求。你认为合适的,交了学费就可以上学。这类学校以晚上授课为多,所以又称"夜大学"。因为晚上可以利用正规学校的教室,不必另建校园。而且,在夜大学里学好了一样有学位证书,在本地找工作还有些优惠条件。

贾晴求学并没有紧迫感,只是为了不辜负父母之托,而且学点东西总归是有用的。她想到志华明年就可以取得博士学位,他成绩优异,又有宗教背景,找工作是不难的。又过了几个月,贾晴开始喜酸呕吐,经诊断是怀孕了。贾晴的体质比较差,每天都感到疲乏和劳累。志华劝她暂时停止家庭教师的工作,夜大学也别去了,就在家里休养,其他的一切皆待生了孩子再说。事实上生了孩子,贾晴更难找工作了,孩子将占据她的全部生活。

1997年夏天,志华以优异的成绩取得了博士学位。毕业于圣路易斯市的第一名校,又有宗教背景,志华很快就被一家大企业聘用。全家庆幸、感恩之余,决定要好好安排今后的家庭生活。此时距离贾晴的预产期只有 3 个月了,为了让孩子出生就有个良好的环境和舒适的家,一座属于自己的房子是必不可少的,小洋房哪怕小一点,也比公寓好。因为它有花园草地和儿童小乐园,室内空间也比较大,可以为教会做更多的工作。在家里做个小礼拜,搞个聚会,交流读经心得也方便,还可以接待来往的教友。

志华刚开始工作,经济并不宽裕,好在他对生活的要求也不高,考虑之下,他决定买一幢 16 万美元的半新小洋房,有 3 个卧室,2 个卫生间,还有客厅、餐厅和厨房等,一般家用电器如冰箱、电炉和洗衣机等都是现成的。圣路易斯地区的洋房一般都有一个和地面建筑一样大的地下室,虽然因为潮湿不宜作卧室,但稍作整理装饰即可成为一个可以容纳几十人的小礼堂。

房前绿草如茵,房后鲜花似锦,建造了十来年的房子还不见老腐,可见老主人保养得好。整幢房子,无论外观还是内部装饰都还很新。老主人还是一位会种花且有相当审美观的人,房子前后有好几处花坛,种满了花草树木。志华计划在后花园的一角开辟一块地,用来种点蔬菜瓜果,不仅可以节省菜钱,还可多点乡土气息以及对家乡的回忆。另外,适当干些农活对身体健康也大有好处。

搬进新居后,贾晴的身体每况愈下,平时都感到特别吃力,胃口又差,她常想起妈妈烧的小菜,渴望那诱人的美味。

志华明白她的意思,生产时,如果有妈妈在身旁,对贾晴的精神支持、饮食调理以及对婴儿的料理都很重要。因而他主动提出了请她父母来美探望的想法,请老人家来照顾贾晴分娩前后的生活。这本来是贾晴的心里话,现在由志华先说出来,她倍感欣慰。

时间紧迫,想到了就马上做,志华写了一封邀请函,并电话通知贾晴的父母,请他们快点去申请护照,办理探亲签证。女儿分娩,做父母的哪有不担心的,而且他们一直想来美国看看,这次正好两全了。经过一番努力,他们在贾晴分娩前不到一个月的时候顺利地来到了美国。志华刚工作不久,新近又买了房子,经济和时间都不宽裕,所以这次老人来美,他也无法到中国去接,只能托一位探亲返美的教友一路照顾。贾晴的爸爸是生意场上的过来人,见多识广,又有会英语的人照应,一路上非常顺利。

9月中旬,父母在贾晴分娩前半个月到达圣路易斯城。贾晴顿时心情大好,良好的心情对一个待产的孕妇是非常有益的。贾晴妈妈特别擅长干家务,烧菜更是一等好手。在国内时,左邻右舍,亲戚朋友有喜庆宴会都会请她来帮忙,她烧的菜没有人不赞不绝口的。贾晴的爸爸也是很能干,多才多艺不仅生意做得好,还学了不少本领,从种地、造房、木工、裁缝到维修电器,样样精通。

宁波人特别讲面子,虽然这次来得仓促,但还是带来了许多东西,婴儿用品样样不缺,窗帘被套装了一大箱,还有其他营养补品,香烟老酒。他们听说在美国买窗帘被套要花很多钱,所以他们向女儿要来了各扇窗子和被褥的规格,请人连夜赶做出来,这真是帮了女儿家的大忙。

10 月暑令已消,寒风未到,正是一年的金秋季节。贾晴生下了一个可爱的小千金。全家欢庆,他特意为此请了 3 天假,天天陪在贾晴身边无微不至照顾,关怀周到。三个大人成天围着贾晴和小女儿转。其中,要数贾妈妈最辛苦,料理家务、烹调饮食还要照料小婴儿,按时换尿布、喂奶。贾晴奶水不多,还得定时加喂奶粉。有妈妈在身边,贾晴想做点事也不行,凡事都有爸妈拦着。贾晴本来就体弱,产后更是憔悴,志华看了心疼,凡事也抢在前头。家里的事本就不多,哪里还要贾晴操劳。

贾晴爸爸今年不到 60 岁,说老还不老,在宁波有个小公司,经营电器,生意做得不错,这次为了看女儿,暂时放下了手头的生意,由副手暂代,但总还是不放心,所以在美国不能待太久,只签了 3 个月签证,返回的机票都已订好了。贾晴的妈妈准备多留些时间,等到孩子周岁之后再回国。

贾晴爸爸在女儿出了月子之后,想出去走走,看看美国,顺便探望几位亲友,他在纽约和芝加哥都有熟人。芝加哥路不远,留待以后游览,志华为他订了一张去纽约的机票,并用电话通知纽约的朋友到机场迎接。在纽约,他就住在朋友家,期间参加了中国旅行社的"纽约一日游"。纽约是美国的代表性城市,在这里他领略到美国的富裕、先进和强大。对纽约的经济、风光印象深刻。随后他还随中国旅游团去了华盛顿特区以及波士顿和费城等大都市,可谓眼界大开。按计划,他在纽约住了3个星期,怀着喜悦和满足的心情返回了圣路易斯。

贾晴爸爸在女儿家时间不算长,却为他们家做了许多工作。在后花园的一角,他开辟了一块20多平方米的菜地。今年农时已过,只能种些常年生的瓜菜,一半小青菜,一半冬瓜棚,还可种上丝瓜、辣椒、西红柿等,来年肯定是个丰收年。

除此之外贾晴爸爸还在通往花园的后门口搭了一个十几平方米的阳台,四周都围有木栏杆。在美国要搭建个小阳台是比较方便的,但必须懂行。画张简单的图纸,列出所需木材的规格尺寸,木材店都会有售。挖好地基,浇上水泥,然后像搭积木一样拼凑起来就是了。说来方便,但这到底是细心的力气活,必须懂得木匠的技术,阳台好坏完全取决于技术高低了。贾晴爸爸在志华的帮助下搭建的阳台真是不错,很有专业水准。

搭起这个阳台,用处可大了,美国人厨房很干净,他们没有炒菜、油煎等习惯,一般蔬菜都只用开水煮一下就吃了,一般"沙拉"都用生菜拌,烘烤箱也只用来烤面包。每家都有户外的烧烤炉子,鱼肉之类都在户外烧烤,所以厨房都和餐厅连在一起,没有隔离设施。相比之下,中国人离不开煎炒等烹饪方法,往往做一顿饭就弄得满屋子油气。但有了阳台可好了,只要买一个简单的灶台和煤气罐,炒菜烧肉一点也不会影响室内卫生。

贾晴爸爸在美国期间,仔细观察了美国人的生活情况,并与女儿的家庭情况作了对比。在回国之前和志华做了一次长谈,给志华提了一些建议,希望他在宗教和家庭之间有个合理的安排。以目前的情况看,志华刚工作不久,每月要交 2000 美元的税,1000 多美元的房子本息,婴儿的开销也不小,节约点也要 1000 美元。他把余下的钱基本上都交给了教会,这当然是自愿的,他毫无疑问地把信仰放在第一位。贾晴爸爸为了他们的家庭好,以及对女儿和孙女的关心,希望他免交或少交教会的经费,待以后经济宽裕了再交。对每一个信仰坚定的人来说,这都是一个敏感的问题,女婿非常诚恳地回答岳父:"我能有今天的成就,都是上帝的恩赐,一个中国山村的苦孩子已成为美国的博士,还有什么不满足的,人的贪欲是罪恶的根源,现在我们的家庭并不富裕,但衣食无忧,又有宽大的房子住,免受穷困,应该感恩知足了。我没有发财的念头,如果有一天钱多了,我一定会用它帮助穷苦的人。放眼世界,有多少人在饥饿和苦难中挣扎。这次回家看到山村的清苦,我的心一直为乡亲们流泪。大家都是上帝的子民,我能忍心只顾自己幸福不帮他人吗?而且家产多了牵挂多,欲望多了烦恼多。知足自在才是真正的幸福。"

这番话使贾晴爸爸彻底明白，要改变女婿的思想是不可能的。他深深为女儿在异国的处境担忧。他看到过许多中国人在美国都生活得很好，这是一个富裕平等的国家。认真工作的人都会从困难走向幸福，他只是希望女儿、女婿和小孙女的生活一天比一天好。可惜幸福的概念在信徒和凡人的眼里是不同的。这次谈话没有什么收效，虽然也没有引起什么不愉快，但在老人心中终究是一个结。而志华，也有点失望。

其实老人的担心是多余的，志华的事业前途无量，他传布上帝的大爱更受人尊敬。教会每天都在做慈善工作，全世界的赈灾扶贫都有他们的辛劳，而所用的钱都源于教友。志华只觉得自己的能力太有限，贾晴爸爸却要他停交或少交会费，让他很伤心。不过岳父是有着传统观念的长辈，又是生意人，一时难以理解他的愿望，也是正常的事。工作只能慢慢地做。

贾晴爸爸签证期只有 3 个月，必须在圣诞节之前离开美国。非常可惜，他没有机会感受美国圣诞节的热闹。他人虽然回国了，却留下了一畦绿油油的小青菜，给了贾晴及其家庭无限的亲情和乡思。宁波的这种小青菜耐寒，生长快，味道特别鲜美，每天捡大点的采，天天都可以吃新鲜青菜。

贾晴爸爸走后，这点农活自然由志华接手了。来年种点什么，他也安排好了，有冬瓜、丝瓜、辣椒、扁豆，当然还有良种青菜。种的菜不仅自己吃，还可以分给朋友们尝鲜。

有了自己的房子，里外的事情做不完，特别是花园草坪的活，种花浇水、除草扫落叶，差不多天天要花点工夫。因为社区的大环境整齐清洁，如果你一家特别邋遢，杂草丛生，落叶遍地，有些邻居会有意见，严重时警察也会找上门来。

从感恩节开始，有房子的人，都会装饰节日灯彩，把自己的门庭装扮得五彩缤纷，室内还有一棵圣诞树，真假都有，满树悬挂彩灯和圣诞老人的礼物。每家都有自己的特色，而且有特色的东西都是自己手工做的，如花礼盒、红帽子、长靴子、红白手杖，等等。志华家就更忙了，忙了自家的还要去教堂帮忙，这几天活动特别多，到了圣诞节更要通宵庆祝。

贾晴妈妈是第一次在美国过圣诞节，在女儿和女婿的帮助下，她也积极投入了活动。她开始感受到上帝的爱，心头暖暖的，充满着喜悦。圣路易斯市内有一处富人区，每年都有盛大的灯会，家家门前一片灯海。霓虹灯装饰的圣经故事灯、圣诞老人驾鹿飞腾灯、动物花卉灯等神奇世界都在流光溢彩中变幻，令人目不暇接。第二天，贾晴妈妈听说圣路易斯市西郊有座私人园林，每年圣诞节后都有花灯展览，园林很大，园内灯山灯海，展览期间每天大门口汽车都要排龙，还需警察出动维持秩序，于是她也跑去凑热闹。园中有个小湖，千奇百怪、天堂仙境般的花灯都沿湖装点，彩灯倒映水里，上下交映，金碧辉煌。满园的大树小树都以灯为花，各种电器为圣诞的盛妆提供了无穷的新意。不久前的一阵大雪，给整个园林增添了许多洁白和清辉。

连日来贾晴妈妈真是开了眼界。国内也有灯彩,可能比这更好,但缺了点宗教的圣洁和内心的喜悦,这里的经历似乎使得贾妈妈向上帝更靠近了一步。信仰宗教是不能靠施加外来压力使人信服的,而要靠善根,要靠机遇。贾妈妈的初步觉悟是与志华和贾晴的耳濡目染分不开的。

贾晴出国三年半,和父母相聚两次。一次是回宁波补婚,当时因为心情紧张,时间仓促,她终日昏昏沉沉的,没有好好地享受和父母团聚的温馨和快乐。这次父母来,为她家做了许多事,给了她无限的关爱和鼓励。可惜匆匆 3 个月,父亲因商务繁忙不得不先行回国了。自己没能尽到一点孝心,父亲临别前和志华的一次长谈也留下了一丝遗憾。春节前,妈妈又要回国过年了。看到妈妈日益衰老的背影,贾晴心中产生了一股无名的忧伤。贾晴从小娇生惯养,很有主见,为信仰和爱情,她毅然离开家庭随丈夫漂泊天涯,因此承受了许多对她来说是难以想象的压力。她也是基督徒,但与志华相比,差距还很大。她首先考虑的是丈夫和女儿,还有生养她的父母亲。基督耶稣是拯救世界的神,圣经言论是做人得救的基本准则和道德标准。当私人感情和真理产生矛盾时,她也会苦恼和彷徨,不像志华那样心明如镜,不为名利所动摇,不为情感所迷惑。

贾妈妈是标准的中国传统式的贤妻良母,温柔善良、老实厚道。她活着好像就是为了侍候丈夫,养育子女。话不多,但手很巧,家里事根本轮不到贾晴插手,这也是贾晴不会做家务的原因。身教胜于言教,贾妈妈的善良厚道是她传给子女的最好财富。贾晴能处处为人着想,能时时受人喜欢,也都是受妈妈的影响。

能在美国照顾女儿和外孙女是贾妈妈的心愿,但看不到丈夫和儿子更使她心感不安。两相比较,宁波显然比圣路易斯城重要。虽然这里环境优美,生活宁静,但宁波仍然是她心中的最爱,那儿有她的全部生活,童年的悲欢、家庭的苦乐、不可暂离的家庭亲人和亲善的邻里乡亲,还有那新鲜的蔬菜和熟悉的风俗,以及许多说不明理不清的点点滴滴,一想起故乡,她心里总有一股暖流在回荡。

贾妈妈要回国过春节的日子越来越近了,贾晴十分伤心,但知道留是留不住的,宁波更需要她。1998 年的 1 月底,贾晴依依不舍地送别母亲。她想起了爸爸临走前的托付,希望她和志华能帮助她弟弟贾杰来美国攻读学位。贾杰现在宁波市浙江水产专科学校读书,来年就要毕业了。专科学校比不上名牌大学,贾杰在出国竞争中是不占优势的,但他也有些有利的条件。家里有钱可以读自费,身健体壮能吃苦耐劳,对出国留学有信心,肯用功,目前已在专攻英语,据说进步很快。当然要别人帮忙,还要自己有实力。爸爸的托付,弟弟的期望,贾晴当然会认真考虑的,但到底有多大的把握也很难说。志华是个诚实的人,要他去走什么门路,通什么关系是办不到的。他自己没有工作,连绿卡也未取得,这个忙如何帮,贾晴很是忧心。

贾晴妈妈回去了,之前家务全是妈妈做的,现在志华可以分担,但教育孩子总得贾晴负责。她很爱孩子,但不管如何用心,总没有妈妈做得好,孩子已经习惯了外婆的照料,一不满意就放声大哭,孩子的哭声让贾晴特别揪心。看来要她放下孩子去工作、读书是不可能的了。志华很忙,对一切工作都是全身心地投入,她深知妻子体弱心软,一直不希望贾晴出去工作,有了孩子之后,他更请求她做一个家庭主妇,把孩子和家庭管好,有空做点力所能及的教会工作。家庭主妇是美国教会工作的重要推动力量。

志华的工作很受老板的欣赏,他在美国前程远大,公司已答应为他聘请律师申请绿卡。在美国成家立业,绿卡是必需的,没有绿卡,福利差,而且缺少保障。一旦经济不景气裁起员来,没有绿卡的人将首当其冲。再说现在他还要帮助贾杰留学,如果自己都没有身份又如何帮人。

贾杰如何出国?什么时候出来?出来之后如何生活?这都是有待解决的问题,机缘和时间是不可少的。虽说爸爸有钱,但中国挣钱美国花,学费加上生活费,负担也很重。志华当然会帮忙,但他有自己的原则和信仰,在经济上能提供的帮助也很有限。

　　但志华非常爱自己的妻子和小女儿，如果生活上有什么分歧，让步的总是志华。像回宁波补婚这样的事，志华都能让步，还有什么过不了的难关？贾杰的留学梦如能实现，他们在美国也将多一个亲人，若干年后贾晴父母申办移民也是顺理成章的事。有着共同信仰的家庭，生活也会充实祥和。无论是帮助弟弟还是开创未来的幸福生活，他们携手努力，必定能取得成功。

守望者的艰途

　　孙宁,40 岁,辽宁大连人,1988 年以交换学者的身份到美国圣路易斯市华盛顿大学教授中国文学,同时进修世界文学史。孙宁在两年交换期满后,申请到助学金继续攻读文学博士。取得博士学位后,他又留校做了博士后。博士后虽然算不得正式工作,但每年也有两万多美元的助学金。在文史界就业不易的情况下,这也是个极好的过渡工作,既可以增进专业实力,又有充裕的时间等待就业机会。

　　在留学生中,老孙算是年龄比较大的。在国内已有妻子,还有一对双胞胎男孩,老大叫孙江,老二叫孙舟。1990 年取得绿卡后,他就把妻子和双胞胎都接来美国共同生活。老孙中国知识分子式的习惯较深,爱面子,不屑于打工挣钱,所以生活并不宽余,不过他有些额外收入。美国各大中城市里都有些华人办的中文报纸,如《世界日报》、《侨报》等销路都很广,在圣路易斯就有两家中文报,一家是《圣路易斯时报》,另一家是《圣路易斯新闻》。因为广告多,这些报纸一部分是免费赠阅的,一般都放在中国副食品店或中国餐馆门口任人自由取阅。老孙在课余经常写点中国文史方面的小资料或者评论文章挣点稿费,既可为今后的写作准备材料,又有些许收益补贴家庭开销,一举两得。

博士后通常年龄要大一些,学问和社会经验也丰富些。在圣路易斯地区的几所大学里,博士后搞点第二产业并不稀奇。老孙有位辽宁老乡也是密大化学系博士后,名叫钟宇,他用太太的名字在奥列佛路中国人集中的地方开了间中草药店,请了一位老中医坐堂看病。老中医虽然博学多才、医术高明,但在美国也只能对付那些头痛脑热、伤风咳嗽之类的小毛病,这是因为一来他缺少仪器,二来怕招来麻烦,再说大毛病自有各类医院医治,还可以享受医疗保险。

坐堂看病,就地配药,既方便又便宜。每个周末,中国人都会来这附近买菜,老人小孩有点病也顺便看看,配几帖药,一般都能药到病除,所以生意很不错。小病上医院是自讨苦吃,外国医生把小病也作大病看,免不了要化验、拍 X 光片,折腾来折腾去,小病也变成大病了。钟家药店为当地的中国老人、孩子提供了许多方便。因此老钟几年来赚了不少钱。

老钟开店是业余的,平时店里都是他的太太看管,他每天都能准时上下课,实验、论文都很出色。老钟为人勤俭精明,他店里的药品多数是他利用周末休息到芝加哥采购的。当他打听到有朋友或同学回国探亲时,都会请人家带点中成药或贵重的药材来,按价付酬,也很公道。他在每样药品上都标上价钱、性能和应用范围,他妻子只要照方抓药,出不了大错,有疑问还可以随时请教坐堂的老中医。至于老林和老中医之间利益互补的问题,自有一份令双方都满意的君子协定,所以从来没有发生过任何纠纷。

同校还有一位来自台湾的姓宁的博士后,他爸爸在大陆开了一家公司,希望儿子拿到博士学位后能到中国帮他管理企业。老宁喜欢读书,就没有听爸爸的话,依然留在美国读博士后。开始时,老爸有点不高兴,但再想想又觉得儿子能在美国发展也是好事。经过多次商量,他的资金逐渐移往美国,老宁也在课余筹备开公司的事务。老宁的情况与老钟又有不同。他有老爸做靠山,资产也充足,筹备工作可长可短,而且他聪明能干,老板给的项目都能按时完成。老板要的是成果,人在不在校问题不大。而且实在不行,他立马可以走人,他爸爸公司的经理一职早已虚位以待了。

老宁把读书当做乐趣,各方面知识都很渊博,是位难得的人才。博士后不是长期的正式工作,能做个三四年,已经到头了,再继续下去,别说学校不要了,就是对自己的前途也有影响。博士后是否顺当,首先要看老板的经费是否够多,名望地位是否够高。经济状况好,他给学生的助学金也可能高一点。

老板都希望有几个好的博士后,因为老板的研究成果、实验项目大多是博士后做出来的。一个博士后如能得到老板的赏识,就会拿到高工资,自由空间也比较大,老宁就是这样的博士后。

老钟的小铺每天营业 12 个小时,平时都是钟嫂看店,有时感到劳累了,她就会在中午关门歇业。对此,顾客有些意见,老钟也觉得没有尽到责任。这时,他想起了孙宁的太太没有工作,在家里照顾孩子和家务事,中午这段时间孩子上学,并在学校里用餐,她应该有空闲,正好请她来帮帮忙。老孙当然没有意见,孙嫂也满口答应。能有点工作做,心情也会好一点。他们商量好了,每天上午 10 时到下午 2 时,由孙嫂看店。在国外雇用劳动力都要付钱的,亲兄弟也要明算账。老钟每月付给许孙 600 美元。两厢情愿,而且也算合理,这笔钱对老孙家庭来说也是一笔不小的补贴。

钟家小店附近都是各式各样的中国店铺,有几间副食品店,还有餐馆、理发店和家具店等,也算初具规模的圣路易斯的唐人街。不远处还有一个台湾人办的文化中心,里面有图书馆和会议室。图书馆里中文书报很多,会议室里每个周末都有名人讲座。常有老和尚讲经说法,也有各种文学艺术讲座,这些讲座都是分文不收的,还免费供应饮料、点心等,这是老孙和老钟常来的地方。

美国是个高消费的国家,这无疑加重了贫民的困境。为了保证孩子读书,公立学校是不收学费的,但其他的费用并不少,如午餐费、校车费、书籍文具及各类活动费层出不穷。又如不久前又有几个学校发生中小学生的枪击事件,于是教育部下令,全国学生全部改用透明的塑料书包,说是为了防止夹带枪支。为此老孙,又要为双胞胎多花 20 几美元的开销。

另外,支出项下还包括高昂的房租和医疗保险等,老孙的境况在中国留学生中算是比较清贫的。有的时候老孙感觉到难以适应西方的社会观念和生活习惯,而且意识到自己所学的文史,发展空间不大。但他为人正直清高,又深受中国古典文学的熏陶,曾萌生回国发展的念头,但全家均表示反对,妻子认为孩子们已经适应了美国生活。再加上绿卡来之不易,他不为自己着想也要替孩子的前途考虑,即使辛苦几年也要把孩子培养成人,那时再考虑个人的去留也不迟。老孙敌不过全家的一致反对,不得不打消回国的念头。目前靠博士后的助学金再加上自己的稿费和妻子的 600 美元打工报酬也能勉强度日,再过几年有了美国国籍,多种福利都有了,即使失业也会有救济金。那时想回国来来去去也方便。再说有机会在纽约或旧金山找到工作,生活也会愉快些。那些大城市里中国人多,东方气氛比较浓,比较适合他。

老孙有点文人架子,对孩子的要求也是以国粹为本,清白做人。双胞胎受父亲的影响很深,把祖国的荣誉看得很重,虽然身在美国,也喜欢美国的生活和自由,但他们的心灵深处仍以祖国为荣。

美国是个移民国家，随着时代的发展，民族歧视早已废除。但历史遗留下来的白种人看不起有色人种的事，偶尔也有发生。但这些迫害造成严重后果的也会受到法律制裁，所以美国的平等自由是有法律保障的。双胞胎个性倔强，和同班的白人孩子常有争吵。一次，白人孩子以为自己人高马大，人数众多，公然拦阻道路不让双胞胎通过，而且口出狂言，说中国人都像病人一样不堪一击，这一下可把兄弟俩惹恼了。这些白人孩子原以为双胞胎不敢还手，就是打起来也稳操胜券。但想不到双胞胎像两只被激怒了的小狮子般奋勇反击，打得头破血流还是有进无退，这玩命的气势，把那群白人小孩吓坏了，纷纷四散奔逃而去。

老师闻讯赶来，怕事情闹大了，扯上民族歧视问题，就把那群白人孩子训斥一顿，带双胞胎上医务室治疗，还好只是出了点鼻血，手脚上有点淤血，也不作深入追查，让事情过去了。

几天以后，这位老师找到老孙，诉说双胞胎不守课堂规矩，学习成绩不断下降，前几天还打群架，使她备受校方压力。老师请他花点时间配合学校教好孩子。老孙是个爱面子的人，觉得平时对孩子缺少管教，自己是有责任的，连忙向老师道歉，并保证回去好好地管教孩子。老孙没问孩子们为什么打架，老师也有意淡化处理，只要家长同意管教孩子，家访的目的也就达到了。

老孙憋了一肚子气,当天晚饭过后,就叫两个孩子一起去卫生间洗澡。孩子每天都要洗澡的,他们也不在意。等孩子脱光了衣服,老孙走进浴室,顺手关上门,拿起皮带当鞭子,各人先打5鞭,然后先问老大:"前几天在学校里干什么了?"孩子给打懵了,又怕又冷,哆哆嗦嗦说不清楚,老孙怒气难消再打一顿,老二也没有少挨打。等到后来弄清楚了是那群白人孩子恃强凌弱,老孙想到,这一架从某种意义上说也是为中国人挣了面子。这么一想,他也觉得这次不分青红皂白打了儿子们一顿,的确是自己太鲁莽了,老孙为此深感后悔。他知道,美国的法律和社会道德是不允许打孩子的,如有知情者上诉,那他要负法律责任的,弄不好认为他没有资格带孩子,孩子要交付他人抚养。

老孙打也打了,也知错了。而且打孩子时,老孙也留了一手,专抽小屁股,虽然落下几条红印子,但不脱裤子谁也看不见。第二天,他找了个理由为孩子请个假在家休息一天,自己也留下来陪孩子聊聊,说些做人的道理,表示关心,也委婉地作了自我检查。其实孩子闯了祸以后也很后悔,知道自己不对,所以挨父亲的打也毫无怨言。父亲是兄弟俩心目中最敬爱的人,是他们学习的榜样。这件事让孩子学到很多东西,他们下定决心读好书,不让父母为自己担心。

老孙关门打孩子,急坏了妈妈。他们还为此吵了架,最后以老孙认错告终。经过这次教训,双胞胎与同学之间的关系也好多了。那几个白人孩子对他们的勇敢精神很是敬佩，并为自己的错误道了歉。美国人性格比较开朗，是错就认错，他们特别敬佩勇敢的人，孩子也是一样。从此以后，兄弟俩的成绩不断提高，多次受到老师的表扬。

这边老孙的两个双胞胎儿子，总算熬过了这一波，那边老钟的儿子也不让人省心。老钟的儿子名叫钟俊涛，今年十八岁，九岁时来到美国，接受的都是美国教育。由于父母管教不严，新近结交了一些不良子弟，不好好读书，在母亲的宠弱下经常到店里拿钱，和朋友上酒吧、剧院吃喝玩乐。有朋友出主意叫他弄钱炒股票，他就偷了爸爸的支票，几万几万的花在炒股票上。炒股是一门高深的学问，老手都难免失手，俊涛什么都不懂，不调查、不研究，用偷来的钱，心慌手软，哪有不输的道理。待他爸爸发觉，18万美元已经付诸东流了。老钟损失那么多血汗钱，心痛欲绝，大病一场。但想起来自己也有错，于是，他特地把老孙请来，开了一个家庭扩大会议，狠狠地教训了儿子一顿，禁止他参与那帮酒肉朋友的一切活动。俊涛马上要考大学了，老钟要他全心投入，准备考评，考不上大学就别想回家。老孙是外人，能说什么呢？无非教他如何做人，浪子回头金不换啊之类的套话。俊涛也不是糟糕透顶的孩子，由于父亲忙于工作，母亲又太过宠溺，再遇上不良同学，结果闯了大祸，害得爸爸病了一场，损失的钱以博士后的收入来补偿，五六年都不够，想起来自然也十分痛心。

他向大家作了保证,决心痛改前非,努力求学,以报答父母
之恩。

这件事对孙宁的震动很大,虽然他不像老钟那样整天光
顾着挣钱,但他感觉到自己对孩子的教育也没有尽到责任。
想起自己打过孩子的事,心中一直很内疚。值得庆幸的是,他
的两个儿子进了中学之后成绩一直都很好,是班里的尖子,每
次家长会都会得到表扬。

钟家小铺右边有片空地,其中有一部分浇了水泥,作为停
车场,其余植了草坪,摆了几条靠背长椅,算是一个简易的休
息场所。老孙和老钟每天上课前都在这里练一会儿太极拳,
引来许多人观看,有些还学着比划。老钟的脑筋转得快,就和
老孙商量,反正打拳是每天的功课,不如开个太极拳学习班,
好歹能挣点钱,于人也有利。说办就办,没过几天,他们就贴
出了"太极拳学习班"的招生广告,几天间报名人数就达 30 多
人,大多是老年人,男女都有。练习时间是早晨七时到八时
半,每人每月收费 25 美元,这样算起来一个月也有七八百美
元的收入。老孙拳术高明,功力深厚,老钟包揽一切筹备工
作,提供场地供应茶水,又是发起人,他们原来就是哥们儿,说
好了四六拆账,老孙也可以拿到 300 美元左右,足以补贴
家用。

太极拳是中国的国粹,有益身心健康,中国人、美国人都
喜欢。尤其是随子女来美,或来美探望子女要住上一年半载

的老人。他们不懂外语，不会开车，起得又早，坐在家里很寂寞，都喜欢来此活动活动，交些朋友，寻找一些故乡的感觉。做子女的都希望老人过得开心，有这样一个"太极拳学习班"，既可以交友又可以强身，花点钱算得了什么。

打拳本来是哥俩的日常功课，但教人打拳稍微麻烦点，老年人手足迟钝，要求不能太高，只要做到合乎要领，架子有点样子就可以了，大多数时间，大家是在拉家常、松筋骨。学拳老人有什么腰酸背痛，伤风感冒，隔壁就是老钟药店，请老中医瞧一瞧，配几味药，小毛病大多能药到病除，这既为老钟药店增添生意，又起到了广而告知的效果，一举数得，何乐而不为。

老孙虽然在物质上不富裕，但心性清净，安贫乐道，生活过得倒也随缘自在，更让他欣慰的是孙江和孙舟的健康成长，学业有成。尤其是老二孙舟在学校里成绩特别突出。眼看着哥儿俩都要考大学了，能考上美国的名牌大学，好处一生受用不尽。孙宁夫妇为了帮孩子过好这一关，不仅要在精神上支持鼓励他们，更重要的是要让他们有足够的营养支持身心的巨大消耗。美国的华裔学生都能吃苦耐劳，专心学习，承受得起各种压力，在突击考试上占有优势。美国的教育方针比较灵活，提倡创造精神，鼓励思想自由，经常带学生们参与社会活动，参观各类博物馆，使教育和社会相结合，而不拘泥于书本知识。为了考出真实水平，美国高考可以有几次考试机会，而且以最佳成绩为标准,所以中国学生可以考得很好,但在专业成就上、才智发挥上则稍逊一筹。

为了孩子们的前途,在关键时刻孙宁夫妇不得不倍加努力。老孙不喜欢打工,但近来他晚上也出去挣点钱。父母的辛勤付出更加鼓舞了孩子们的斗志。

1997年夏天,老孙的两个儿子都考取了大学,老二以优异的成绩,为波士顿的麻省理工学院所录取,而且配有相当的助学金。老大也不错,考取了本市的华盛顿大学。美国大学各种费用都很高,而且学校档次越高,收费也越多。以老孙的收入,培养一个大学生都很吃力,何况两个。但美国是个重视教育的国家,为了培养人才不遗余力。成绩特别好,但家境贫困的学生,可以申请各类奖学金、助学金。中国的留学生大都是靠助学金出来的。此外,他们还可以向银行申请贷款,等到工作时再逐年偿还。半工半读是大学生普遍采用的方法,据说不少富家子弟也喜欢打工挣钱,这样做可以提前培养适应社会的能力,提前摆脱家庭的经济控制,提倡自由精神。

孙江、孙舟都在学校里住宿,老大在本地上大学,每个周末打工之余,总要回家看望父母,顺便带点好吃的东西孝敬他们,帮着做点家务,给家庭增添不少温暖。孙舟路远,只能在圣诞节或暑假回家一趟。暑假是打工的最佳时机,为了完全自立,不向家庭伸手,打点工是必需的,因此与家人团聚的机会就更少了。独在他乡,更思父母之恩、天伦之乐。虽见面不易，打电话还是很方便的。向父母汇报生活情况和学习上的收获，也是孙舟带给他们的最好礼物吧。

1999 年，老孙向加州各大都市的对口单位投去许多求职信，几番周折终于如愿以偿，在洛杉矶某校谋得了一份教师的职位，向自己向往的教授理想又靠近了一步。洛杉矶是美国最大的都会之一，那儿有许多中国人，东方文化气息很浓，工资收入也不低，往日的艰难岁月已经过去了，光明就在前头。等到两个儿子有了工作，老孙一家将会更加富裕，所以老孙决定买一座好一点、大一点的房子，不管儿子在哪儿工作，家都在这里。他目前等待实现的愿望是做爷爷、当教授。听听孩子叫他教授爷爷，那得有多开心啊！等有了钱，他还可以经常来往于中美之间，交流东西文化，搭建中美桥梁。只要努力，愿望总会实现的。

中医情结

叶明,一位满族青年,1992 年毕业于北京中医药大学,受母亲的影响,专攻中医中药。他的母亲早年毕业于北京医校,现在是位资深的妇科和小儿科医师。她中医知识渊博对中药有着深厚的感情,希望儿子将来继承自己的事业,把中医中药发扬光大。他的父亲是位珍宝收藏专家。叶明从小受父亲的熏陶,对古董书画的鉴赏也颇有功力。

叶明勤奋好学,知识面甚广,又喜欢结交朋友,遨游名山。他从小学练太极拳,曾得名师指点,兼修道家气功。他的满族性格、中医中药的修为及太极气功的深厚底子,对他的学业、事业的成长帮助很大。叶明中等身材,看起来气定神闲、精力充沛。一手太极推手练得炉火纯青,借力打力、听劲发劲,人高马大的汉子都能被他推得跌出数米开外。

叶明毕业后和同族学妹佟欣结为夫妻,两人情意相投,家庭和美,翌年生下一位千金,因为小婴儿在月子里打嗝,叶明就给取了个名字叫"格格"。此乃清朝亲王帝室之女的尊称,而叶明的祖先据说是有功的八旗子弟,这下叶明也算是和自己的祖宗开了个幽默的玩笑。小格格自小机灵可爱,天真活泼,一岁多就能说得一口纯正的京片子,清脆悦耳。整日里像小鸟一般唧唧喳喳,人见人爱。

叶明秉承母亲的训导,立志要把中药推向世界。他先后到过中国的深圳、香港等城市以及加拿大和西欧诸国,最近转向了美国。他的目标是或考取博士后,或应聘到公司做些中药研究工作。他在探索最适合中药推广和发展的理想国家,认为这样的理想之国必须有最先进的科学设备,有丰厚的经济基础及广大的供销市场。在探索期间,他到处奔波,不方便带着格格受累,就把她留在北京由医生妈妈照料。夫妻情深意重,佟欣决定随他一同南征北战。1995年,他们来到了加拿大,佟欣感到身心俱疲,不能再随丈夫闯荡了,就在加拿大留下来找到一份工作,希望早日取得绿卡,也好有个安身立命之地。这样既可以把格格接出来,又好为叶明留个后退之地。

叶明等到妻子有了正式工作之后,只身去到美国,在圣路易斯市密苏里大学化学系当了一名博士后。他在课余还进行了大量的研究调查工作,最后确定美国是他的理想基地。美国科学先进,经济发达,有着中药发展的广阔前景。美国的药物检验所(F. D. A.)正在开发研究中草药项目,中西医结合的前景远大。他庆幸终于找到了自己的理想基地,也就此结束了探索历程,定下心来努力工作,潜心研究。他的下一个目标是进F. D. A.。此时,佟欣已取得加国绿卡,格格也到了加拿大。如果叶明在美国立稳脚跟,佟欣和格格也会移居美国。加拿大的绿卡总是有用的,也无需放弃,往来于美加之间的家庭也不少。

在密苏里州南面是阿肯色州,F. D. A.有个规模较大的附属机构就建在阿肯色州的小石城附近。这里有很多研究项目,其中也包括中草药的相关研究项目,叶明希望能够争取参与这些研究。博士后只是他的准备工作,借此了解情况,等待时机,既可糊口,又能提高专业水平。叶明专业实力强劲,几年来的研究成果颇丰,有朝一日踏进F. D. A.,即可大显身手。

密大里有不少中国留学生,为了消除异国的孤寂,减轻生活和学习上的压力,每逢周末或节假日,都会聚在一起,谈谈国内的事,交流学习心得,没事也往往会找个理由,吃上一顿饭,开开心心地打几圈牌,哭几声、骂几句,疏导一下胸中的郁闷。叶明虽非四川人,但特别喜欢火锅,家里的特辣火锅料储备不断。年轻人不分东西南北,往往都喜欢辣味,更何况其中有不少来自四川、湖南、贵州等地,都是不怕辣、辣不怕、怕不辣的哥们儿。叶明的条件相对较好,家属在加拿大,孤家寡人一个,博士后的年收入也有两万多美元,租的公寓又大,豪爽好客,来多少人都不怕,怎么闹都没有关系。叶明豪情洒脱,像位大侠，只是他平时烟酒不沾，半瓶啤酒下肚就上脸，一直红得脖子根，样子不雅倒也不失态，只是话多了一点，这可是大家所乐见的，谁不想听听叶大侠的经历见闻、精辟的见解，见识下他广博的学识。

叶明从来没有什么收支计划，有钱就花，佟欣很清楚这一点，知道靠他养家糊口是没有指望的。所以，加拿大的这份工作才是佟欣和女儿的生活保障。只要叶明在美国快乐，他的发扬中药理想得以实现，佟欣也就心满意足了。

叶明攻读博士后期间，没有绿卡，不便出国看望妻女。好在加拿大福利好，格格的许多费用都是国家负担的。佟欣的收入也足以维持母女俩的生活，只是夫妻分居两地，尤如牛郎织女，两三个月才能相聚几天，家不成家，心中感觉闷闷不乐。他俩情投意合，结婚至今从来没有吵过架，前几年叶明四处漂泊，即使在最困难的时期也都厮守在一起，这点眼前的困难应该难不倒他们。

圣路易斯市和多伦多市虽属两国，但相隔不远。多伦多有飞机直达芝加哥市，不过几小时航程，叶明驾车到芝加哥也不过4个多小时，一般接送往来当天可到。有时佟欣工作忙或身体欠佳，就会把格格送到圣路易斯市跟他爸爸过上几个月。格格很听话，来来去去也很喜欢，见人就笑，清脆纯正的北京话说个不停，同她相处也是一种享受，见过她的人没有一个不喜欢她的。叶明对女儿更是百依百顺，疼爱有加，但一个大男人不懂得如何管教女儿，只是一味地娇惯。佟欣有点不放心，往往不到两个月便把她领回加拿大。

叶明和佟欣的两地生活，使叶妈妈心生不安，但她不批评儿子到处漂泊，反而埋怨佟欣不能守在丈夫身边。叶明是个大孝子，可也是个明白人，他常为亏欠妻子而感到内疚，也理解母亲爱子之心。佟欣也从来没有因婆婆的不满而心存芥蒂。可是婆婆年纪大了，有点固执，要化解老人的成见是比较难的，叶明有耐性、有善心，在他的努力下，婆媳的矛盾才得以缓和。

1997年冬天，佟欣送格格来美国同爸爸住一阵子，因为她有些事情要办，带孩子不方便，放下孩子就先回去了。叶明一直为不能很好地照应格格，使佟欣劳累而深感不安，就想利用这个机会，好好地为格格做点补偿。寒假期间，他准备带格格出去玩玩，大家都说黄石公园是美国的旅游胜地，风光特别好，有独特的黄石地貌，热水喷泉很多，其中有个能准时喷水的"老实喷泉"，水量大，射程高，令人叹为观止。黄石公园内还有一个很大的天然动物园和一片广大的原始森林。天然动物园是孩子的最爱，森林更是奇花异草丛生，必然会有不少药用的材料，这是他自己的所爱，所以，他确定这是值得一玩的地方。

叶明是个独来独往的人，想好的事说干就干，很少有什么具体计划，计划都是行动中应时而生的。他参考了路线图，挑天气晴朗的一天，带着格格，开着低价买来的二手车就贸然上路了。

　　黄石公园是美国旅游者的首选,但他选错了时间,用错了工具,也不去考虑自己带着个五六岁的小孩子这一路会带来很多不便。开车一路向西北高地驶去,踏冰冒雪,旧车子浑身颤抖,险象环生。好不容易到了丹佛,车子却坚持不下去了,开到车行检查,检修工看到车子伤痕累累,大为吃惊,警告他说这部车子不能用了,再开要出车祸的。冰雪天在高速公路上行驶,要是出个事故,后果严重,弄不好会酿成连环车祸。

　　从圣路易斯到黄石公园,丹佛才是一半多路,前路茫茫,回头也不近,叶明这时也傻眼了。如果单身一人真不在话下,这样的事情也碰到过多次了。但要带着孩子走,还真有点左右为难。美国机票都是提前预订的,临时去买价钱很贵,他估计袋里的钱不然买两张机票。还好他在车行碰到了热心人,介绍他去买了一辆二手车,车主等钱用,急于脱手,价钱很便宜,只要 1200 美元。如果开回圣市可保无事,要去黄石公园,他不敢保证。经过这一番折腾,叶明的游兴全无,买下这部车子一路往回开,并向女儿道歉,保证以后一定带她来玩。

　　黄石公园没有去成却受了惊、破了财,如果早作计划或请教过来人,提前几个月订两张机票,这点钱也差不多够用了,还省时又安全。碰上这种扫兴的事,一般人都要难过一阵子,但叶明从来不吃后悔药,在他的生活中这样的事屡见不鲜。例如听说香港这个地方好,中西杂处,中药西化有出路,他就欣然前往,但逗留一年后觉得不尽如人意,只好离开了。听说欧洲不错,他住了两年,又觉得不是那回事,接着掉头又走了。现在选定了美国,他似乎看到了不错的前景,但谁知道以后会怎么样。随性而行,这可以说是他的缺点,也可算是优点,至少他是位可敬的勇敢者,拿得起、放得下,不为过去的失误后悔,不为暂时的挫折退缩,不达目的誓不罢休。

佟欣知道这件事后,来电话狠狠地骂了他一顿,她是为格格和丈夫的安全着急。她劝他马上去买辆新车。叶明也早想买辆新车,经佟欣一说,真的贷款买了一辆日本产的新车,以后旅游再也不用担心半途抛锚了。

1998 年夏天,叶明的妈妈来美国看望儿子一家,佟欣请了几天假带格格来和奶奶团聚。叶妈妈退休后还在搞中草药的成分分析研究工作,她对自己的事业十分执著,确信中医中药是世界上最好、最丰富的药物学。从年轻时期开始,她就把自己的一生贡献给祖国的医药事业。中医中药自古以来都是以实践的效果来肯定药物的功能。但西方国家的医药界却不能完全认同,他们首先要确定中药是否无毒无副作用,然后再确定药物的功能,也就是必须先用科学分析来确定药物的无害性,才能进一步试验治疗疾病的功能。但这些分析数据却都是中国医药史上所缺乏的。而且有人做过实验,有苦味的中药除黄连等外,都或多或少带有些毒性。要使全世界都接受并大规模使用中药,必须要拿出每味药的分析数据,而且一帖中药药方往往都有十几到几十味中药,研究起来的确复杂而困难。不仅如此,中医中药中还有经络穴位、五行生克及人天合一等问题。其中有些很难用科学方法论证,整理筛选起来也很困难。这项工程不是一两代人所能完成的,叶明母子就是积极为这项伟大的事业贡献自己青春的一家人。

前几年,格格暂留北京时都是奶奶照料的,奶奶是小儿科医生,有一套教育儿童的方法。这种方法亲切中带有严肃,她安排的作息表,格格只能乖乖地遵从。这种从小打下的良好基础,使小格格受益不少。祖孙俩感情非常好,格格到加拿大以后,差不多每星期都要和北京的奶奶通一次电话撒撒娇。这次奶奶来美探亲,最快乐的要数格格了。

格格很聪明,她知道奶奶的话不能不听,妈妈的话可听可不听,爸爸的话只当耳边风。爸爸很少管她,骂几句但管而不严。只有奶奶从不放松,锲而不舍,有时让她望而生畏。她喜欢爸爸的宽容,感谢妈妈的关怀,但对奶奶的管教也从不反感。

叶明的爸爸这次没空来,他是古董宝石书画等的鉴赏专家,是为国家觅宝的人才,工作繁忙,而且以前已经因公来过美国好几次。他性情豪放,对子女没有那么多牵挂,叶明的性情就是他爸爸的翻版。叶爸爸说了,再等几年他会来美国多住些日子。

上次黄石公园没有去成,现在正是暑期长假,难得妈妈也在美国,正是好机会。旺季去胜地旅游,通常都要提前预订旅馆,因为旅客多,临时去订可能会找不到理想的旅馆。这次叶明预订的旅馆很好,位置就在公园最著名的景点"老实喷泉"附近,是早期旅馆之一,有百多年的历史。风格古雅,环境优美,服务质量很好,还保留着许多古老的服务项目,有温泉浴池、高尔夫球场和马场等。旅馆门口有一条木栈道,逶迤延伸出几公里,犹如龙游浅滩,气势非凡。早起在栈道上漫步,大自然的奇观都呈现在你的眼前。放眼远望可以看到好几个喷泉在晨雾中喷发,像巨鲸在大海中换气。脚下是清晰的温泉,在彩色的浅底潺潺流淌,泛着幽幽的绿光,腾起薄薄的烟雾,朦胧中仿佛是神仙世界。

格格特别喜欢天然动物园,广阔的原野上,到处可以看到野牛和驯鹿在悠闲地漫步。碰巧看到了小熊或别的什么小动物,格格都会情不自禁地高声欢呼。孩子天真且容易满足,所以得到大自然恩赐也特别多。叶妈妈出于职业的本能,喜欢走进林子里。这里的原始森林深不可测,只能在周边走走。一路上都有林间小道,它们蜿蜒在参天林木中,幽静而清凉。为了方便游客进出,路边大树上都有标志。走林间小道是美国人最喜欢的运动之一。有山有水的地方,林间小道是不可缺少的。金妈妈居然在小道深处找到了好几种中草药,快乐得仿佛又回到了几十年前的采药生涯。她小心地采集起来,准备带回中国作研究和纪念。

黄石公园附近也有许多可玩之处,如怀俄明州的大蒂顿山峰、爱达荷州的大瀑布。可惜佟欣只有 10 天的假期,而且加拿大来回的机票是预订好的，10 天假期，在圣路易斯家里过了 3 天，去黄石公园来回的路程也要 3 天，实际上在黄石公园只能呆 3 天的时间。这期间，他们已经尽可能地游览了许多有名的风景点。要说尽兴，玩一个月也不嫌多，知足常乐，留些空间回味也能保留一些余兴。

回程路经芝加哥，叶明先把佟欣送上了飞机，格格当然愿意留下来陪伴奶奶。芝加哥是美国中部的大都会，叶明少不了要陪妈妈到处走走。因为已经游玩了黄石公园，路途劳累，叶妈妈毕竟是老年人，体力有所不支，只能早点回去休息了。他们在芝加哥只住了两天，这么大的都会两天能做的也只是走马观花。让叶妈妈印象深刻的是烟波浩渺、湖水清澈的密歇根湖和高入云端的摩天大楼西尔斯大楼，它的游览厅，四面都是落地玻璃窗，提供多架高倍望远镜供游客欣赏美景。站在高倍望远镜前，芝加哥全城都在视野之内，目睹了这一番美景，也算不虚此行了。

叶妈妈来了，原来的单间公寓不得不换成两室两厅的房子。叶妈妈是位妇科、小儿科的老中医，消息传开后，许多年轻的母亲都带着幼小的孩子来请叶妈妈拿个脉、看看气色。不论在中国还是美国，华人的孩子特别娇气，在国内是因为只能生一个，独子不能有任何闪失，而在美国因为生活压力大，也不敢多生孩子，再加上身处异国他乡，风俗习惯不同，父母多为子女的健康担忧。孩子挑食、偏食和厌食是常有的事。

美国人培养孩子强调自立和勇敢，托儿所管教松懈，一人得病相互都会感染，且一般小毛病医生不肯用药，尤其是消炎的抗生素非常禁忌，不见高烧是绝对不会用的。这类药没有医生处方，药房也不出卖。所以这次不管孩子有病没病，大家伙儿都请叶妈妈看一看，这两室两厅一下成了诊所，热闹非凡。

叶妈妈对每个孩子都看得很仔细，多数孩子都很健康，只要注意一些生活习惯、卫生规则就好了。少数因挑食等原因造成的营养失调和由环境引起的过敏症，也无需用药。营养失调的人，缺什么补什么，过敏的人则应该避开引起过敏的环境，同时，还可以用食疗代替药疗，这样没有什么副作用。她给不同的孩子分别开出一些营养食谱并提出保健指导意见，效果不错，在圣路易斯的 6 个月，叶妈妈为孩子们做了许多好事。

叶明为人豁达，对人宽容，对朋友更是热情真诚。他到过许多地方，结识了许多朋友。朋友有喜事有难事，再远的地方他也要去贺喜或予以帮助，但他觉得遗憾的是，在国外很难找到与他可以切磋气功和太极拳的同伴，留学生学习和生活的压力都很大，没有太多的时间去学气功和太极拳。有些同学也曾跟他学过一些，但能持之以恒，学到真功夫的到目前为止还没有。

叶明专攻中草药，精通药理，但从不为人看病。可他常为别人发功治伤，一般气血不通、跌打损伤，经他三四次发功推拿，即可见效，老伤也能逐渐减轻。同学们在运动场上扭伤了手足，请他来治疗，定能手到病除。

圣路易斯地区，地广人稀，自然风光绚丽，是理想的居住之地。市内有很多公园，郊外更是山清水秀。自从妈妈来了以后，每个星期叶明都会开车带全家出游。郊外的山下水边都有林间小道，供游客行走寻幽。这些小道，短的两三里，长的达到几十乃至上百里。他们会带上中饭，随便找个干净的路边来个野餐。林中如野兔、小鹿和松鼠等经常可见。你大可放心，那里绝无伤人的动物。天气好时，租条游艇，乘风逐浪，也是消暑的好方法。累了把船停在树阴底下，还可以聊会儿天、钓钓鱼。叶明喜欢游泳，下水像条蛟龙，湖大水清，没有一个小时是不肯上来的。冬天晨跑，夏天中午顶着烈日，他也要跑上几公里。所以他精力充沛，满面红光，一看就知道是个精力十足的人。

叶妈妈偏爱儿子，因此也严加管教，叶明生活中的点点滴滴她老人家都要过问。叶明是个天马行空式的人物，有时会被她弄得很尴尬。其实他小时候跟爸爸过的日子多，更多地继承了爸爸豁达豪迈的性格。现在长大了，又在国外闯荡多年，再受妈妈的管束感到很不习惯，甚至有些反感，但他很尊敬妈妈，过去没有，现在也不会和妈妈顶嘴。惹不起，只有躲开点儿。他的工作本来就很忙，为了避开妈妈，他经常主动加班，或到同学家打发时间，往往到半夜才回家，一回家倒头就睡,妈妈见他累成这样,有话也开不了口。

上了年纪的人,都经历过贫穷和艰辛,勤俭持家、省吃俭用已成习惯。叶妈妈一生俭朴,分外之财,分文不取,也最见不得奢侈和浪费。看到儿子生活毫无计划,3万美元的年薪一个人用还是寅吃卯粮。他朋友多,看到谁有个难处,都会出手帮忙。平时请客吃饭,待人送礼,出手十分大方。叶妈妈看了按捺不住,常常对儿子唠叨。但叶明却爱理不理,依然我行我素。叶妈妈也知道,儿子大了有自己的生活方式,说多了难免伤感情,而且他很多地方的确像他爸爸,所谓江山易改秉性难移。口中不说,但她心里的不平难免形于色。留学生都是聪明人,善于察言观色,见到这种情形,来的人渐渐也少了。妈妈来探亲,时间有限,母爱无穷,叶明无奈之下也只好忍了。实在忍受不了寂寞,他就会带了火锅辣料到同学家去吃。

不同代的人,因年龄差别,可能会有很深的代沟。代沟引发的误会和矛盾常常会造成家庭不和。更多的情况可见于各种婆媳不和、翁婿纠纷。这也说明了为什么美国家庭的子女成家后大都搬出去住,和父母分开住的确是富裕社会消除代沟的好方法。在美国,老人都有退休金和社会福利,无需子女在经济上孝敬。周末、节假日全家团聚在一起,开开心心地安享天伦之乐。有困难互相照应,家庭和睦,社会也因之安宁祥和。

叶妈妈在圣路易斯住了4个月,叶明带她游了不少大都会和名胜古迹。她见到儿子事业有成,相信中草药定会在美国大放异彩,颇感欣慰。时间长了,想到留在北京的老伴,她也放心不下。半年的探亲期只过了 4 个月,她就提前回国了。她听人家说,如期或提前回国,对以后的探亲签证非常有利,美国人讲信用,你守信用他也会相信你。

母亲在美国住了 4 个多月,与格格相处得很愉快,也多次出去旅游,但叶明始终觉得自己没有尽到孝道,有时候还糊弄敷衍妈妈,心里很是内疚。在临别之前,他想再为妈妈做点什么。听说邻近的阿肯色州有一座远近闻名的钻石公园,风光秀丽,山水清幽,园中有一个久已废弃的钻石矿场。许多年来都有着传说,说有不少人在那儿捡到过种类各异的金刚钻和宝石,不知从什么时候开始,有人以废矿区为中心围建了一座公园,取名为"钻石公园",招徕游客。美国的大小公园都是免费的,可钻石公园对游客不但收费,而且价钱还不便宜。因为游客不仅可以享受美丽的自然风光,运气好还能拾到钻石呢!直到现在,还常常有人得宝,虽然概率不大,但希望总是有的,人恰恰总喜欢生活在希望中。所以这个公园名声远扬,不论寒暑,不避风雨,每天来此觅宝的人络绎不绝。

叶明也可算是出身于古董世家,对觅宝有着本能的爱好,叶妈妈听后兴致也非常高。而且阿肯色州是近邻,早去晚归,当天即可来回,恰好头天下过一阵大暴雨,翻松了矿石场。沙堆经暴雨冲刷后,像筛选过一样,有钻石自然会清洗出来,找寻起来容易得多,这也是行家的窍门。

凌晨出发，他们一路往西南行驶，走了2个多小时。车上有老有少，总得停车休息一下，顺便吃点早饭。他们在麦当劳里一打听，有人告诉他们附近有个州立公园，风景设备都是一流的。反正不远，而且顺道，全家人就都想去看看。进了公园，他们都被这里优美的风光和齐全的设施迷住了，格格爱上了有许多新颖玩具的儿童乐园，叶妈妈对山下水边的幽径情有独钟，叶明更是一头扎进了碧水池中。就这样，全家人都沉醉在自己的快乐中，有意无意地把钻石公园给忘记了。叶明就是这样一个乘兴而来，尽兴而归，心中了无挂碍的人。但几天后看了报纸，使他们大吃一惊，就是他们准备去钻石公园的那一天，有人在公园里拾到一粒几克拉的大钻石。消息上了头版，肯定小不了。得失是天意，命里没有强求不得，叶明一家在吃惊之余，也只能一笑了之了。

叶妈妈回国后，佟欣不放心，又来把格格带走了，叶明又成了孤家寡人。以后每隔几个月，佟欣就带格格来美国相聚。叶明没有绿卡，加拿大也是别国，签证不方便，无法经常去加拿大看望她们母女俩。好在佟欣最了解、休贴丈夫，多年来跟他东漂西泊毫无怨言。她在经济上从不计较，能够自己过就不向叶明要钱，她知道叶明朋友多，手头阔，博士后的收入也有限。一旦叶明的心安下来，在哪儿定居，她就会放弃加拿大国籍去和他一起厮守一辈子。

叶明的研究项目明确，用心专一，把中草药推广到全世界是他的终生事业。几年来,他收集了许多宝贵的资料,在密大当了两年博士后使他更清楚了解了美国的方方面面,确定自己的选择是对的。他整理并修改了过去积累的资料,写成了几篇有分量的论文,寄给了阿肯色州小石城的F.D.A.分公司,作为求职的敲门砖。该公司有一个专门研究中草药的小组,有几位年老的台湾籍学者,他们对叶明的论文颇感兴趣,就决定邀请叶明来F.D.A.做博士后。1998年,叶明如愿以偿地来到了小石城,公司给他5万美元的年薪,从此他的事业踏上了一个重要的新台阶。

不久后叶明在小石城的西郊买了一幢小洋房,以表示要长期干下去的决心。做出了成绩,公司答应为他申请绿卡,但全家团聚也许还要等上几年。在美国,分居两地的牛郎织女不少,加拿大的多伦多和小石城相距不远,有了房子,经济条件好了,佟欣和格格来去也自由方便多了。向前看,生活是美好的。中国的精英也都是美国的精英,希望中药能在全世界大放异彩,利益众生。

中医史载几千年,处处可闻药草香。

妙手回春功在世,精神博大待发扬。

无毒无害无杂质,重理重效重无偏。

推广国粹普天下,实验室里出新天。

图书在版编目(CIP)数据

生活并非都有选择：八九十年代的留美学生们/方则正
著. —杭州：浙江大学出版社，2010.9
ISBN 978-7-308-08014-9

Ⅰ.①生… Ⅱ.①方… Ⅲ.①纪实文学－中国－当代
Ⅳ.①I25

中国版本图书馆 CIP 数据核字（2010）第 193115 号

生活并非都有选择——八九十年代的留美学生们
方则正　著

责任编辑　黄娟琴
文字编辑　李峰伟　张凌静
封面设计　俞亚彤
出版发行　浙江大学出版社
　　　　　　（杭州市天目山路 148 号　邮政编码 310007）
　　　　　　（网址：http://www.zjupress.com）
排　　版　杭州大漠照排印刷有限公司
印　　刷　临安市曙光印务有限公司
开　　本　880mm×1230mm　1/32
印　　张　6.75
字　　数　130 千
版 印 次　2010 年 10 月第 1 版　2010 年 10 月第 1 次印刷
书　　号　ISBN 978-7-308-08014-9
定　　价　28.00 元
